孙宜学◎主编

纳兰词

［清］纳兰性德◎著　　董洪良◎译注

朝華出版社
BLOSSOM PRESS

图书在版编目（CIP）数据

纳兰词 /（清）纳兰性德著；董洪良译注 . -- 北京：
朝华出版社 , 2025. 1. --（启秀文库 / 孙宜学主编）.
ISBN 978-7-5054-5561-0

Ⅰ . I222.849

中国国家版本馆 CIP 数据核字第 202449RM59 号

纳兰词

[清] 纳兰性德　著

董洪良　译注

选题策划　黄明陆
责任编辑　韩丽群
责任印制　陆竞赢　訾　坤

出版发行　朝华出版社
社　　址　北京市西城区百万庄大街 24 号　　　邮政编码　100037
订购电话　（010）68995509
联系版权　zhbq@cicg.org.cn
网　　址　http://zhcb.cicg.org.cn
印　　刷　三河市龙大印装有限公司
经　　销　全国新华书店
开　　本　920mm×1260mm　1/16　　　　字　　数　209 千
印　　张　15
版　　次　2025 年 1 月第 1 版　　2025 年 1 月第 1 次印刷
装　　别　精
书　　号　ISBN 978-7-5054-5561-0
定　　价　52.00 元

"启秀文库"编委会

总序

中国传统文化经典作品是中国智慧的结晶和集中体现，源于中国人的生存智慧、生命智慧，是一代代中国人对天地万物、时序经纬的心灵感悟和提炼总结，已成为人类精神文明的宝贵财富。至今，这些作品仍能释日常生活之惑、解亘古变化之谜，为世界的未来提供中国范式。

中国和世界需要既包蕴中国传统文化精髓，又能真实反映新时代中国文化新发展、新概念的中国传统文化经典著作，这样的著作应具备以下特点：

1. 兼具知识的广度与理论的深度。 能撷取中华优秀传统文化的精华，体现中国人的思维方式和中国文化特质，同时具有内在的理论逻辑，集知识性、系统性、科学性于一体。

2. 兼具学术的高度和历史的维度。 能讲清楚"何谓'文'""何谓'化'"和"何谓'文化'"，并立足于中国和世界文化发展史，以中国传统文化典籍为历史线索，阐释、勾勒出中国文化发展历史的昨天、今天和明天。引导读者通过中国文化内涵的特殊性和普适性元素了解中国文化如何不断推陈出新，中国智慧如何不断博观约取、吐故纳新。

3. 兼具精准的角度和客观的态度。 能基于读者的客观诉求、阅读习惯和审美习惯，充分发掘和利用中国的地域、经济和文化特点，全面深入研究中国文化资源，保证经典著作能"贴近不同区域、不同国家、不同群体受众"，更直接有效地"推进中国故事和中国声音的全球化表达、区域化表达、分众化表达"。

4. 兼具多元的维度与开放的幅度。 能基于世界阅读中国的目标，从中外文化互鉴视角，成为世界文化多维度交流互鉴的载体和可持续阐释的源文本。

我们选编这套"启秀文库"，即因此，并为此。中国人阅读这些作品，可以学会更好地生活；外国人阅读这些作品，可以了解和理解中国人的美好生活是一种什么样的历史形态。中外读者共同汲取其中的智慧，可以知道如何建设一个和谐美丽的世界，以及未来的世界会如何美好。

伟大的经典作品，都是为了将日常的生活变得更加美好。在建设"人类命运共同体"的今天，中国文化的精神滋养不应只培育中华民族子孙的天下情怀，还应引导世界人民学会欣赏中国之美、中国之魂、中国之根，在促使世界更深刻理解中国的历史和当代的同时，实现不同民族文化的和谐相处、共生共进。

在中华民族开启向第二个百年奋斗目标进军的新征程之际，中国文化发展也必将进入一个新阶段。这套丛书的时代价值，在于其将"中华文化感召力、中国形象亲和力、中国话语说服力、国际舆论引导力"融入编写、注释和诠释的全过程，从而使传统文化经典作品更能适应新时代，更有能力承载与传播中华文化精髓，向世界讲好中国故事。

孙宜学

2024 年 7 月

于同济大学

《纳兰词》不但在清代词坛上享有崇高的声誉，在整个中国文学史上也占有一席之地。纳兰性德而立之年就溘然离世，与陈维崧、朱彝尊并称"清词三大家"。

纳兰性德（1655—1685），叶赫那拉氏，字容若，号楞伽山人，满洲正黄旗人，清朝初年词人。原名"成德"，因避讳太子保成（爱新觉罗·胤礽）而改名"性德"。主持编纂有《通志堂经解》，著有《侧帽集》《通志堂集》《饮水词》《渌水亭杂识》等。

纳兰性德自幼饱读诗书，文武兼修，17岁入国子监，18岁考中举人，19岁成为贡士，22岁赐进士出身，深得康熙的赏识。又因出身显赫（曾祖父金台吉是叶赫部贝勒，其妹孟古格格是皇太极生母；父亲为大学士纳兰明珠，母亲为英亲王阿济格第五女爱新觉罗氏），纳兰性德被康熙授为三等侍卫，不久即晋升为一等侍卫，多次随康熙出巡。他还奉旨出使梭龙，考察沙俄侵边问题。

在世人眼中，纳兰性德是当朝重臣纳兰明珠的长子，是文武兼备的年少英才，是帝王青睐的侍卫近臣，更是前途无量的达官显贵。但作为艺术奇才，纳兰性德淡泊名利，对官场的尔虞我诈深恶痛绝，"身在高门广厦，常有山泽鱼鸟之思"。

纳兰性德24岁时，将自己的词作编选成集，名为《侧帽集》。康熙十七年（1678年），顾贞观与吴绮为他校刊《饮水词》。这两部词集刊印后，在当时就享有盛誉。时人云："家家争唱《饮水词》，纳兰心事几人知？"可见其影响之大。

纳兰性德去世后，康熙三十年（1691年）秋，顾贞观审定、张纯修（号见阳）衷辑的《饮水诗词集》刊印。同年，其老师徐乾学为其编校《通志堂集》，内有词四卷，共300首。

道光十二年（1832年），汪元治（字珊渔）参照前人版本辑成《纳兰词》，分为五卷，共辑得词321首。光绪六年（1880年），许增（字迈孙）在汪元治本的基础上补遗21首，成为诸过往版本中较为完整的《纳兰词》（许增娱园刻本），共计342首。

本版《纳兰词》以光绪六年的许增刊本为底本，字句参校《通志堂集》等版本，又附"补遗二"，其中包括《清名家词》中增补的5首，以及冯统《天风阁丛书·饮水词》所录联句词《浣溪沙》1首。整本《纳兰词》分七卷，共计348首，辑录了纳兰性德存世的所有词作。

纵观纳兰性德的词，其写景逼真传神，状物靓丽婉约，风格清新隽秀、哀感顽艳，颇有南唐后主的遗风。事实上，纳兰性德十分欣赏李煜的词："花间之词如古玉器，贵重而不适用，宋词适用而少贵重。李后主兼而有其美，更饶烟水迷离之致。"此外，纳兰性德的词也深受《花间集》和晏幾道的影响。

从"烈火烹油"到"烬火迎风"，从"鲜花着锦"到"残花啼露"，纳兰性德的人生阅历是普通人难以想象的。《纳兰词》的独特魅力，既源于纳兰性德超逸脱俗、出类拔萃的性格禀赋，也源于纳兰性德钟鸣鼎食、金阶玉堂的豪门生涯，更源于王朝兴替、家族败落及爱妻早亡、挚友离散所催发的无边哀怨。

为便于读者品读《纳兰词》之美，本书对每首词作都加以注释，帮助读者扫除阅读障碍。在目录中，对于仅有词牌名的，将词作开头语句标注在括号内，以方便查找。每一首词后，做简单赏析，希望对读者拓展专业知识、完善对词作的理解有所裨益。

目录

卷 二

卷 三

卷　四

卷 五

补遗二

卷一

忆江南（昏鸦尽）

昏鸦①尽，小立恨②因谁？急雪乍翻香阁③絮，轻风吹到胆瓶④梅。心字⑤已成灰。

注释

①昏鸦：黄昏时分的鸦群。②恨：惆怅、伤感。③香阁：女子的香闺。④胆瓶：形似悬胆的花瓶。⑤心字：即心字形的熏香。

赏析

这首小令是描摹一位因爱情而伤心的女子。这位女子是谁，或者是否真有其人，我们无从知晓。或许，此令也像很多同类作品一样，字面上写尽一位不知名女子的相思，实则表达作者本人对某位女子的深切思念。

赤枣子（惊晓漏）

惊晓漏，护春眠。①格外娇慵②只自怜。寄语酿花③风日好，绿窗来与上琴弦。

注释

①惊晓漏，护春眠：清晨的漏声把人惊醒，但因为贪睡，还是不想起来。②娇慵：娇弱慵懒。③酿花：花在酝酿中，即含苞待放。

赏析

古人以漏壶计时。中国古代的漏壶也被称作"更漏""刻漏"。此令开头的"惊晓漏，护春眠"，通过更漏声营造出清晨静谧的氛围，同时写时间的流逝和春天的到来。少女好梦被惊破，犹自贪睡，"格外娇慵只自怜"进一步刻画了少女的内心世界。接下来"寄语酿花风日好，绿窗来与上琴弦"两句，则是少女从慵懒中清醒，看见春日美景，满怀期待。整首词简短耐读，亲切自然，笔触生动，其人其景如在眼前。

忆王孙（西风一夜剪芭蕉）

西风一夜剪芭蕉。倦眼经秋耐寂寥？强把心情付浊醪①。读《离骚》。愁似湘江日夜潮。

注释

① 强把心情付浊醪（láo）：强，勉强；浊醪，浊酒、米酒。

赏析

"读《离骚》"出自《世说新语·任诞二十三》，王孝伯说，名士不一定要有奇才，只要痛饮酒、熟读《离骚》，就可以被称为名士了。我们从中可以看到饮酒、《离骚》与魏晋风度之间的联系。其中意涵是：以狂放的态度来浇心头块垒。此阕小令，愁绪中隐有豪迈之气。当代学者黄天骥在《纳兰性德和他的词》中点评此曲说：他说自己抵受得住寂寞，这是反话，实际上是说自己在政治上不甘寂寞。因此，才会痛饮美酒、熟读《离骚》，才会心潮起伏，思绪汹涌。

玉连环影（何处）

何处？几叶萧萧雨。①湿尽檐花②，花底人无语。掩屏山③，玉炉寒④。谁见两眉愁聚倚阑干。

注释

① 何处？几叶萧萧雨：何处，何时；萧萧，本指风声，亦指树叶飘零、雨点飘洒的声音。② 檐花：屋檐前的花，代指庭中花。③ 掩屏山：掩上屏风。④ 玉炉寒：炉子里的火已经熄灭。玉炉，精致的炉子。

赏析

这阕《玉连环影》可能是纳兰性德的自度曲。自宋代词人姜夔之后，词人自度词作较为常见。相比其他自度曲，纳兰性德这一阕词笔调温柔，蕴含深情。从主旨上看，这首词并无多少深意，但贵在"情"真，堪为佳作。

遐方怨（欹角枕）

欹角枕①，掩红窗。梦到江南伊家，博山②沉水香。澣裙③归晚坐思量。轻烟笼翠黛，月茫茫。

注释

①欹角枕：欹，通"倚"，斜靠；角枕，一种精致的枕头，角制或用角装饰。②博山：博山炉，一种燃放熏香的炉子。③澣裙：本指洗裙子，这里代指洗衣。澣，洗。

赏析

词牌"遐方怨"原是唐时的教坊曲名，温庭筠始用作词牌。自温庭筠之后，填此词牌的人不多。即便是在词之最盛的宋代，"遐方怨"也少有人问津。纳兰性德填这阕妙词，十分难得。词中"江南伊家"，疑指纳兰侍妾沈宛家。因作者父亲不同意纳兰与沈宛之事，不得已两人分开，沈宛被送归江南。词写梦境之静美，更反衬现实之痛苦，结尾"月茫茫"三字尽现其一往情深、相思无奈。

诉衷情（冷落绣衾谁与伴）

冷落绣衾谁与伴？倚香篝①。春睡起，斜日照梳头。欲写两眉愁，休休。远山残翠收②。莫登楼。

注释

①香篝（gōu）：女子闺房中的熏笼。②残翠收：指夕阳落山，远山的翠色消失了。

赏析

香篝，即炉子，也叫熏笼、香熏，用来盛熏料驱赶蚊虫。使用香篆的历史可追溯到汉代，盛于明清。香篆本身也是装点室内的工艺品，使用者多是官宦人家的闺秀。因此，"倚香篆"一句，点出了女子的身份。她虽出身富贵之家，但清闺冷寂，无人为伴。温庭筠有一首《菩萨蛮》，与这一阕《诉衷情》一样，都是写闺中独居女子的孤清零落之苦。相较之下，性德词较温庭筠词少了些柔婉，多了几分痛楚，二者各有妙处。

如梦令（正是辘轳金井）

正是辘轳金井①，满砌落花红冷。蓦地一相逢，心事眼波难定。谁省？谁省？从此簟纹②灯影。

注释

① 金井：指有精致雕栏的井，即富贵人家的水井。② 簟（diàn）纹：指竹席的纹路。

赏析

本是亲爱之人，经年之后再会，已经物是人非。纳兰词研究者盛冬玲评此词说：在落花满阶的清晨，作者与他所思恋的女子蓦地相逢，彼此眉目传情，却无缘交谈。从此，他的心情就再也不能平静了。此作言短意长，结尾颇为含蓄，风格与五代人小令相似。

如梦令（纤月黄昏庭院）

纤月黄昏庭院，语密翻教①醉浅。知否那人心？旧恨新欢相半。谁见？谁见？珊枕②泪痕红泫③。

注释

① 翻教：反而使。② 珊枕：即珊瑚枕。此处泛指枕头。③ 红泫（xuàn）：红泪。因脸上敷了胭脂，泪呈红色。

赏析

这首词极有可能是纳兰性德写给沈宛的。当年，经至交顾贞观介绍，性德得见汉女子沈宛。顾贞观（1637—1714），字华峰，号梁汾，江苏无锡人，著有《弹指词》，与纳兰性德交情颇深。当时，性德爱妻卢氏去世时日已久，虽也继娶官氏为妻，但官氏不擅文墨，多少令性德多了几分寂寞。沈宛琴棋书画无一不精，是难得的良伴。想二人相见，必是有说不完的话。但二人情路并不平顺，就如陆游与唐婉，被长辈"棒打鸳鸯"。别后相思，性德以女子口吻、心思写旧情之甜蜜，写思而不得之失望、怨恨，间接地表达了自己内心的无限思念之情。

如梦令（木叶纷纷归路）

木叶纷纷①归路。残月晓风②何处。消息半浮沉，今夜相思几许。秋雨③，秋雨。一半西风吹去。

注释

①木叶纷纷：又作"黄叶青苔"。②残月晓风：语出宋柳永《雨霖铃》词："今宵酒醒何处？杨柳岸晓风残月。"③秋雨：意同清朱彝尊《转应曲安丘客舍对雨》词："秋雨，秋雨。一半回风吹去。"

赏析

纳兰容若作为康熙皇帝的侍卫，有时需要随扈皇帝出巡，或者出外执行任务，因此无法时时与妻子团聚。此词应是他出巡在外时所作，眼看秋叶纷纷飘落，人还在路上，不能及时和家里通消息，难免相思记挂。全词简朴清爽，白描眼前风景，浑然天成。晚清词家陈廷焯在《云韶集》中说：容若词深得五代之妙，如此阕尤为神似。

天仙子（梦里蘼芜青一剪）

梦里蘼芜①青一剪，玉郎②经岁音书断。暗钟③明月不归来，梁上燕，轻罗扇④。好风又落桃花片。

注释

① 蘼芜：一种香草。② 玉郎：古代对男子之美称，或为女子对丈夫，或对情人之爱称。③ 暗钟：即夜晚之钟声。④ 轻罗扇：质地极薄的丝织品所制之扇，为女子夏日所用。诗词中常以此隐喻女子之孤寂。

赏析

词中"蘼芜"是古代文人作品中常见意象，又名蕲茝、薇芜、江蓠。据辞书解释，其叶似当归，香气似白芷。妇女去山上采撷蘼芜的鲜叶，回来于阴凉处风干，可做香料或香囊填充物。古人认为，佩戴蘼芜香包可使妇人多子。在古典诗词当中，"蘼芜"往往与夫妻分离、女子闺怨相关，这亦是本词意蕴所在。

天仙子（好在软绡红泪积）

好在软绡①红泪积，漏痕②斜罥菱丝碧。古钗封寄玉关③秋，天咫尺，人南北。不信鸳鸯头不白。

注释

① 绡：(xiāo)：生丝；绸子。② 漏痕：草书的笔势，这里指字。下文的古钗亦然。③ 玉关：即甘肃玉门关。

赏析

词中之甘肃玉门关，远离京城，想是纳兰性德作此词时，又是因公事离家，与妻子卢氏分居两地。公务在身，一切都身不由己，难免不能尽顾儿女情长。性德与妻子卢氏感情甚笃，卢氏又是蕙质兰心的女子，少年夫妻书写相思的信件也是与旁人不同，不用纸来写，却用绢丝来书。泪一滴一滴落入软绡中，字迹洇染，恰如其情，动人心魄。

天仙子·渌水亭秋夜

水浴凉蟾①风入袂，鱼鳞触损金波碎②。好天良夜酒盈尊③，心自醉，愁难睡。西南月落城乌④起。

注释

①凉蟾：水中的月亮。蟾，蟾蜍，代指月亮。②鱼鳞触损金波碎：水中的鱼儿把月光映照的湖面打破了。③尊：同"樽"，酒杯。④城乌：城楼上的乌鸦。

赏析

此词作于某日秋夜纳兰府中的渌水亭畔。渌水，清澈之池水。渌水亭，池畔之园亭。据纳兰性德《渌水亭》诗云："野色湖光两不分，碧云万顷变黄云。分明一幅江村画，着个闲亭挂夕曛。"黄天骥在《纳兰性德和他的词》中点评此词：好天良夜，清风明月，使人心醉，但诗人却无法入睡。他对着月亮，从它升起到下坠。外界美妙的景色和诗人内心的愁闷，构成了鲜明的对比。

江城子·咏史

湿云全压数峰低，影凄迷，望中疑。非雾非烟，神女①欲来时。若问生涯原是梦②，除梦里，没人知。

注释

①神女：这里用的是楚王梦神女之典故。宋玉《高唐赋·序》：昔者先王尝游高唐，怠而昼寝，梦见一妇人，曰："妾，巫山之女也，为高唐之客。闻君游高唐，愿荐枕席。"王因幸之，去而辞曰："妾在巫山之阳，高丘之阻，旦为朝云，暮为行雨，朝朝暮暮，阳台之下。"②若问生涯原是梦：此处化用李商隐《无题二首》之

二 "神女生涯原是梦"。

赏析

　　初看其词，与历史并无干涉，所咏的只是宋玉梦神女之事。如此咏史，写法与一般咏史不同，不涉及具体人物，更多描写的是一种若有若无的思绪，似花似雾，缥缈如梦。

长相思（山一程）

　　山一程，水一程，身向榆关那畔行①。夜深千帐灯。
　　风一更②，雪一更，聒③碎乡心梦不成。故园无此声。

注释

　　①身向榆关那畔行：榆关，即山海关，塞外雄关；那畔，那边。②风一更：一阵风。③聒（guō）：使人厌烦的吵闹声。

赏析

　　此词为边塞军旅途中思乡寄情之作，信手拈来，不加雕琢，既韵律优美、清丽含蓄，又深沉激荡。词人以其高超的语言表现力，集豪放婉约于一体，柔而不颓，与众不同。近现代著名学者王国维在《人间词话》中点评说："明月照积雪""大江流日夜""中天悬明月""长河落日圆"，此种境界，可谓千古壮观。求之于词，唯纳兰性德塞上之作，如《长相思》之"夜深千帐灯"，《如梦令》之"万帐穹庐人醉，星影摇摇欲坠"差近之。

相见欢（微云一抹遥峰）

　　微云一抹遥峰①，冷溶溶。恰与个人清晓画眉同②。　　红蜡泪，青绫被，水沉③浓。却向黄茅野店④听西风。

注释

　　①微云一抹遥峰：此为倒装，当是"遥峰一抹微云"，即远方的山巅有一片轻云。②恰与个人清晓画眉同：刚好与那个人早上

画的眉毛相同。③水沉：水沉香。④黄茅野店：即黄茅驿。荒村野店。

赏析

这阕《相见欢》大约作于出使途中。作者见山川寥落，触景生情。上阕描绘眼前景致，由山峰想到画眉，心中惦念，情思油然而生。到下阕，画面一转，写的是女子的视角和心情。词中两个主人翁虽然身处异地，但意笃情深，无形中形成一种羁绊和默契。

相见欢（落花如梦凄迷）

落花如梦凄迷，麝烟微①。又是夕阳潜下小楼西。　　愁无限，消瘦尽，有谁知？闲教玉笼②鹦鹉念郎诗。

注释

①微：淡，若有若无。②玉笼：精致的鸟笼。

赏析

纳兰词总是词中有画。作者是词人，也似画师。随笔勾勒，春花秋月、婉转情思便跃然纸上，令观者有身临其境之感。这首《相见欢》以麝烟之意象，将千回百转、隐忍难灭的幽愁暗恨具象化了，使读者更能体会到作者的无尽相思。

昭君怨（深禁好春谁惜）

深禁①好春谁惜？薄暮瑶阶伫立。别院管弦声。不分明。　　又是梨花欲谢，绣被春寒今夜。寂寂锁朱门。梦承恩②。

注释

①深禁：深宫。禁，禁宫。②承恩：被宠幸。

赏析

据称，纳兰性德曾与表妹有情，他写给表妹的词作亦不在少数。这一阕《昭君怨》疑是其中之一。有民国蒋瑞藻《小说考证》引《海讴闲话》道:"纳兰眷一女,绝色也,有婚姻之约,旋此女入宫,顿成陌路。容若愁思郁结,誓必一见,了此宿因。会遭国丧,喇嘛每日应入宫唪经,容若贿通喇嘛,被袈裟,居然入宫,果得一见彼姝。因宫禁森严,竟如汉武帝重见李夫人故事,始终无由通一词,怅然而去。"不过,如此故事,并无确证,权为鉴赏词作的参酌资料,以求一窥纳兰性德其词、其意、其情。

昭君怨（暮雨丝丝吹湿）

暮雨丝丝吹湿,倦柳愁荷风急。瘦骨不禁秋。总成愁。
别有心情怎说? 未是诉愁时节。谯鼓①已三更。梦须成。

注释

①谯鼓:打更的鼓。谯,谯楼,古代城门上建的楼,可以瞭望。

赏析

纳兰词中,孤独的情愫贯穿始终。这首《昭君怨》旨在诉"愁",短短几句,就有三个"愁"字,可见此"愁"之绵延不绝。可是,细雨中孑然而立,此愁无计可消除,只能期盼能有一个好梦了。在梦里,或许能与他思念之人共话风月,笑谈过往,忘却眼前愁苦。结尾"梦须成"三字,以对梦中之美好的渴盼,凸显当下愁意。

酒泉子（谢却荼蘼）

谢却荼蘼①。一片月明如水。篆香②消,犹未睡。早鸦啼。　　嫩寒无赖③罗衣薄。休傍阑干角。最愁人,灯欲落。雁还飞。

注释

①谢却荼蘼：谢却，凋谢；荼蘼，落叶小灌木，花白色，有香气，夏季盛放，因荼蘼过后，无花开放，故人们常常认为荼蘼花开是一年花季的终结。②篆香：即将香料做成篆文形状，点其一端，依香上的篆形印记，烧尽计时。据宣州石刻记载："(宋代)熙宁癸丑岁，时待次梅溪始作百刻香印以准昏晓，又增置午夜香刻。"故又称百刻香。它将一昼夜划分为一百个刻度，用来计时，还有驱蚊等作用。③无赖：无奈。

赏析

这首词中写到的荼蘼花，属蔷薇科，在古代是有名的花木。荼蘼花在暮春时始开，怒放于盛夏，花姿清瘦，香气悠远恬淡，也叫"山蔷薇""百宜枝""白蔓君"等。在众多名称中，词以"荼蘼"之名写此花，更有一种清冷意味。

生查子（东风不解愁）

东风不解愁，偷展湘裙衩。独夜背纱笼，影著①纤腰画。
爇②尽水沉烟，露滴鸳鸯瓦。花骨③冷宜香，小立樱桃下。

注释

①著：通"着"。②爇（ruò）：烧。③花骨：花蕾。这里指清瘦的女子。

赏析

唐宋时，已有大量"生查子"佳句，但纳兰填词匠心独具，别有一番新意。"花骨""纤腰""小立"，勾画出一个美貌娇俏的女子形象。夜阑灯影中，她无言而立，显然在思念远方的人。可惜，那被思念的人就像东风一样，也许并不能领会她的情意。此词笔触之细腻、传神，让观者忍不住对女子心生怜爱——想作者更是如此。

生查子（鞭影落春堤）

鞭影落春堤，绿锦郭泥①卷。脉脉逗菱丝②，嫩水吴姬眼。　　啮膝③带香归，谁整樱桃宴④？蜡泪恼东风，旧垒眠新燕。

注释

①郭泥：即马鞯。因垂于马背的两旁以挡尘土，故称郭泥。②菱丝：菱蔓。③啮膝：代指良马。④樱桃宴：旧时庆贺新进士及第的酒宴。

赏析

词中提到"樱桃宴"，是科举时代庆贺新进士及第的宴席，始于唐僖宗时期。王定保《唐摭言·慈恩寺题名游赏赋咏杂记》："新进士尤重樱桃宴。乾符四年（877年），永宁刘公第二子覃及第……于是独置是宴，大会公卿，时京国樱桃初出，虽贵达未适口，而覃山积铺席，复和以糖酪者，人享蛮榼一小盘，亦不啻数升。"此词应是纳兰性德早年及第时所作，词句之间可见意气风发、喜悦激动之意。

生查子（散帙坐凝尘）

散帙①坐凝尘②，吹气幽兰并。茶名龙凤团，香字鸳鸯饼。　　玉局类弹棋③，颠倒双栖影。花月不曾闲，莫放相思醒。

注释

①帙：书套，泛指书卷等。②凝尘：积满尘土。③玉局类弹棋：玉局，围棋的棋盘；弹棋，古代的一种游戏。

赏析

词中的"弹棋"是古代的一种博戏，始于汉代，李贤注《后汉书·梁冀传》引《艺经》记载说："弹棋，两人对局，白黑棋各六枚，先列棋相当，更相弹也。其局以石为之。"后至魏改为十六棋，唐为二十四棋。此阕词虽然是闺怨词，但侧面叙写了当时贵族之家子弟的优裕生活，为我们了解纳兰性德的时代提供了一个"小窗口"。

生查子（短焰剔残花）

短焰剔残花①，夜久②边声寂。倦舞却闻鸡③，暗觉青绫④湿。　　天水接冥濛⑤，一角西南白。欲渡浣花溪，远梦轻无力。

注释

①花：这里指灯花。②夜久：夜深。③倦舞却闻鸡：这里化用闻鸡起舞的典故。④青绫：帐幔。⑤冥（míng）濛：幽暗不明。冥，幽远。

赏析

浣花溪一名濯锦江，又名百花潭。溪在四川省成都市西郊，为锦江支流。溪旁，即有杜甫故居浣花草堂。作者所关切的地方，应是浣花溪所在之处——其时正是三藩之乱的作战前线。这首词表现了作者踌躇不前的矛盾心情，如"倦舞"却"闻鸡"，"欲渡"却"无力"，显示作者对当时战事既关切又犹豫的心情。

生查子（惆怅彩云飞）

惆怅彩云飞，碧落知何许？不见合欢花①，空倚相思树。
总是别时情，那得分明语。判②得最长宵，数尽厌厌雨。

注释

①合欢花：亦称夜合树、绒花树、鸟绒树，其叶昼开夜合。
②判：通"拼"，甘愿。

"合欢花""相思树",寓意皆是夫妻之情。词之上片说彩云已逝,不知到了碧空何处,意指失去了所爱之人。下片写他忍受思念之苦,辗转难眠。此词亦是纳兰性德悼念亡妻之作。

点绛唇·咏风兰①

别样幽芬,更无浓艳催开处。凌波②欲去。且为东风住。 忒煞萧疏③,争奈秋如许。还留取,冷香半缕,第一湘江④雨。

①本篇在别的版本上有副题"题见阳画兰",可见是一篇题画之作。见阳即当时的画家张见阳(名纯修)。风兰,似兰的一种植物。②凌波:典出曹植《洛神赋》:"凌波微步,罗袜生尘。"本指洛神在水面踏浪而行的柔美姿态。此处指风兰在风中摇曳的样子。③忒(tuī)煞萧疏:分外稀疏。忒,十分。④湘江:大概指张见阳,张见阳曾在湖南为官。

风兰,据徐珂《清稗类钞·植物类·风兰》记载:风兰,寄生于深山树干上,叶似兰而短,有厚剑脊,夏开小白花,有一二瓣曲而下垂,微香,无土亦可生。此兰幽香怡人,因此也被称作仙草;古代文人雅士喜欢置此兰于庭轩屋檐之下,因此得名轩兰;又因其姿态端庄、高贵,人们又叫它富贵兰。纳兰性德此词以兰写人,上阕描摹兰之韵致,下阕赞美兰之品质,表现了对花、对人的爱惜、怀念之情。

点绛唇·对月

一种蛾眉^①，下弦不似初弦好。庾郎^②未老。何事伤心早？　　素壁斜辉，竹影横窗扫。空房悄，乌啼欲晓，又下西楼了。

注释

①蛾眉：本指形似蚕蛾触须的细长而弯曲的眉毛。这里指弯弯的月亮。②庾郎：即庾信，南朝梁诗人，代表作有《哀江南赋》。庾信出使西魏时，梁为西魏所灭，后羁留北方，常愁思故国。这里作者以庾信自况。

赏析

首句一语双关，既写月，又写人。农历每月二十三日前后的月亮，称为下弦月。农历每月初七、初八日的月亮，称为上弦月或初弦月。下弦之月，隐喻缺憾，不如上弦月那样让人怀有希望。蛾眉如月，愁苦的眉毛，不如欢乐的眉毛好。作者起调即悲，又以庾信自比，写其伤心惆怅，难以排遣，以至于未老而先衰。此亦悼亡之作。

点绛唇·黄花城^①早望

五夜光寒^②，照来积雪平于栈^③。西风何限。自起披衣看。　　对此茫茫，不觉成长叹。何时旦？晓星欲散，飞起平沙雁。

注释

①黄花城：在今北京市怀柔区境内。②五夜光寒：五夜，五更；光，指积雪的反光。③积雪平于栈（zhàn）：指积雪把栈道都掩住了。栈，栈道。

康熙二十二年（1683 年）九月，康熙帝奉太皇太后巡幸五台山，作者随从扈驾、途经黄花城，这首词应是那时所作。此词描绘了黄花城雪后将晓的情景，全用白描，质朴清奇，但作者诸多牵挂，不免对景焦灼，长叹待天明。

点绛唇（小院新凉）

小院新凉，晚来顿觉罗衫薄。不成孤酌，形影空酬酢①。萧寺②怜君，别绪应萧索③。西风恶，夕阳吹角，一阵槐花落。

① 酬酢：主客相互敬酒，主敬客曰酬，客敬主曰酢。② 萧寺：佛寺。③ 萧索：凄清冷落。

纳兰容若好友姜宸英在《祭纳兰性德文》里有"是时归兄，馆我萧寺"之语，此词中有"萧寺怜君"之语，故此词应与姜宸英有关，是赠友之词。萧寺，代称寺院。相传梁武帝萧衍崇佛造寺，命萧子云书飞白大字"萧寺"，后世遂以萧寺代称佛寺。作者上片写己，下片叙友，都是家常之语，并未写如何怀友，但字里行间流露出无限念友之意，情真意切，深婉动人。

浣溪沙（泪浥红笺第几行）

泪浥红笺①第几行，唤人娇鸟怕开窗。那更闲过好时光。屏障厌看金碧画②，罗衣不耐水沉香。遍翻眉谱只寻常。

① 泪浥红笺：眼泪沾湿了信笺。浥，沾湿。王维《渭城曲》有"渭城朝雨浥轻尘"。② 屏障厌看金碧画：此为倒装句，当是"厌

看屏障金碧画"。金碧画，以泥金、石青、石绿三色为主的画。

赏析

这首词又是反写：明明是自己思念妻子，却反过来写妻子思念自己。"怕""闲""厌"三字，展现情绪的层层递进。先是写信寄怀，边写边流泪，以至无法写下去了，于是又感到是处无聊，索寞情伤，无由排遣。后面看见屏画、眉谱，更是"厌之深，爱之切"。这首词短小精悍，颇有余味。

浣溪沙（伏雨朝寒愁不胜）

伏雨①朝寒愁不胜，那能还傍杏花行？去年高摘②斗轻盈。　漫惹炉烟③双袖紫，空将酒晕一衫青。人间何处问多情？

注释

①伏雨：连绵的阴雨。②高摘：攀高折花。③炉烟：熏炉的烟。

赏析

纳兰性德在世时，对其词作多有推敲，因此会有不同版本的词句流传于世。在汪刻本（嘉庆年间汪元治编辑）中，此阕为："酒醒香销愁不胜，如何更向落花行？去年高摘斗轻盈。　夜雨几翻销瘦了，繁华如梦总无凭。人间何处问多情？"两个版本中，相同的两句"去年高摘斗轻盈""人间何处问多情"，是精华之句。纳兰容若妻卢氏逝于康熙十六年五月三十日（1677年6月29日），此词怀恋"去年高摘斗轻盈"，感慨人间无处寄多情，应是纳兰容若于卢氏去世当年所写的悼亡之作。

浣溪沙（谁念西风独自凉）

谁念西风独自凉？萧萧黄叶闭疏窗。沉思往事立残阳①。被酒莫惊春睡重②，赌书③消得泼茶香。当时只道是寻常。

注释

　　①沉思往事立残阳：此句化用李珣《浣溪沙》"暗思何事立残阳"。②被酒莫惊春睡重：此为倒装句，当是"莫惊被酒春睡重"。被酒，醉酒；重，指睡得很沉。③赌书：典出李清照《金石录后序》："余性偶强记，每饭罢，坐归来堂，烹茶，指堆积书史，言某事在某书某卷第几页第几行，以中否角胜负，为饮茶先后。中即举杯大笑，至茶倾覆怀中，反不得饮而起，甘心老是乡矣！故虽处忧患困穷而志不屈。"

赏析

　　"被酒莫惊春睡重""赌书消得泼茶香"，都是闺中情趣。其中"赌书"借用赵明诚、李清照夫妇"赌书泼茶"的典故，写夫妇之间的雅趣佳话。这些事情发生的时候，都是平常事，并未十分在意。等到斯人不可追时，方才痛感过往平常之珍贵。一句"当时只道是寻常"，画面骤变，所有欢愉与家常被排山倒海而来的悲伤淹没，上阕淡淡的伤心落寞亦被完全覆盖。

浣溪沙（莲漏三声烛半条）

　　莲漏①三声烛半条，杏花微雨湿轻绡。那将红豆寄无聊？　　春色已看浓似酒，归期安得信如潮。离魂入夜倩谁招？

注释

　　①莲漏：设计成莲花、莲蓬或者莲叶形状的计时器。

赏析

　　"杏花微雨湿红绡"中的"杏花微雨"，化用自南宋僧人志南《绝句》"沾衣欲湿杏花雨，吹面不寒杨柳风"。志南写的是春天雨中独步，在杏花的馨香中内心欣喜，这里则微带愁绪。"红绡"原指红色薄绸，女子可用来束发，如白居易《闺妇》诗中有，"斜凭绣床愁不动，红绡带缓绿鬟低。辽阳春尽无消息，夜合花前日又西"。"杏花微雨湿红绡",既可以理解为用红绡代指花,也可以理解为语带双关,又指人物。窗外,微雨湿了杏花;窗内,相思之人亦是清泪湿了香腮。

浣溪沙（消息谁传到拒霜）

消息谁传到拒霜[①]?两行斜雁碧天长。晚秋风景倍凄凉。
银蒜押帘[②]人寂寂,玉钗敲烛信茫茫。黄花[③]开也近重阳。

注释

①拒霜:木芙蓉花,仲秋开花,能耐寒。②银蒜押帘:银制的蒜形押帘。押帘,亦作"帘枰",装在帘上作镇押之用的物件。③黄花:菊花。

赏析

著名学者、红学家吴世昌在《词林新话》中评点此词说:"此必有相知名菊者为此词所属意,惜其本事已不可考。"意思是说,这首词并非虚写,而是纳兰性德写给某个现实存在的所爱之人的。词仍然以女子口吻写出,等了又等,盼了又盼,数次期待都落空,那人却还没有回来。词全从对方心绪落笔,实写作者内心强烈而深挚的思念之情——这就是所谓的"以己之心,度他人之腹"了。

浣溪沙（雨歇梧桐泪乍收）

雨歇梧桐泪乍收[①],遣怀翻自忆从头。摘花销恨[②]旧风流。
帘影碧桃人已去,屧痕[③]苍藓径空留。两眉何处月如钩?

注释

①梧桐泪乍收:指梧桐叶不再滴雨。②摘花销恨:典出王仁裕《开元天宝遗事》:"明皇于禁苑中,初,有千叶桃盛开,帝与贵妃日逐宴于树下,帝曰:'不独萱草忘忧,此花亦能销

恨。'"③屐（xiè）痕：鞋痕。屐，木底鞋。

词上片写雨歇泪收，从伤情转入回忆。下片写实，"人面不知何处去，桃花依旧笑春风"。全词主人公内心的情绪变换，是从伤心嗔恨，到怀恋相思。不过，时过境迁，这一切都已经成为"旧风流"，又有几分怅惘。

浣溪沙（谁道飘零不可怜）

西郊冯氏园看海棠，因忆《香严词》①有感。

谁道飘零不可怜？旧游时节好花天。断肠人去自经年②。一片晕红③疑著雨，晚风吹掠鬓云偏。倩魂④销尽夕阳前。

注释

①《香严词》：龚鼎孳词集。龚鼎孳（1615—1673）与钱谦益、吴伟业并称清初"江左三大家"。②经年：过了一年。③晕红：指海棠花的色泽，中心红色浓重而四周渐淡。④倩魂：香魂，指海棠的花魂。一说伤春少女之魂。

赏析

龚鼎孳为当时名士，曾在康熙十二年（1673年）任会试主考官，纳兰性德也是在这一年参加会试，考中贡士。如此，二人有师生之谊。当年秋天，龚鼎孳猝然去世。此词写看海棠、忆《香严词》，应是秋去春来，作于龚鼎孳逝去之后，以为悼念。起首一句，陡然突入"谁道飘零不可怜"，俨然绚烂海棠花溪现于眼前，震撼、感慨之情顿生。下面两句，紧接内心思绪：回忆过去之美好，怅惘如今之伤感。下片写景，雨后红花分外娇，在晚风、夕阳映衬下更添凄美。词人借景抒情，将自己对恩师的怀念与对生命无常的感慨融入海棠花景之中，全词情感真挚，意境凄凉。

浣溪沙（酒醒香销愁不胜）

酒醒香销愁不胜，如何更向落花行？去年高摘斗轻盈①。夜雨几番销瘦了，繁华如梦总无凭②。人间何处问多情？

注释

①高摘斗轻盈：高摘，摘高处的花；斗，比试；轻盈，形容女子轻捷的体态。②无凭：没有依托。

赏析

此词与前文中《浣溪沙（伏雨朝寒愁不胜）》字句有相同之处，词意也相仿，两篇可并读细品。

浣溪沙（欲问江梅瘦几分）

欲问江梅瘦几分？只看愁损翠罗裙①。麝篝②衾冷惜余熏。　　可奈③暮寒长倚竹，便教④春好不开门。枇杷花下校书人⑤。

注释

①翠罗裙：此处代指女子。②麝篝：燃烧麝香的熏笼。③可奈：无奈。④便教：即便，即使。⑤校书人：读书人。原指薛涛，一代名妓，人称女校书。唐王建《寄蜀中薛涛校书》有"万里桥边女校书，枇杷花里闭门居"两句。

赏析

"校书"本是"校书郎"的简称，是官职名，负责校对皇家藏书。李白有《宣城谢脁楼饯别校书叔云》诗。史上著名才女薛涛，曾被当地官员戏称为"女校书"，于是此名称演变成了乐伎的雅称。结合纳兰性德经历，推测其身边能被称为"女校书"的人，只有沈宛。词中"欲问""只看""可奈""便教"等语，层叠递进，关切益深，全词没有一字写情，但作者对"校书人"情意尽显无遗。

浣溪沙（一半残阳下小楼）

一半残阳下小楼，朱帘斜控①软金钩。倚阑无绪不能愁②。　　有个盈盈骑马过，薄妆浅黛亦风流。见人羞涩却回头。

注释

①斜控：斜斜地挂住。②倚阑无绪不能愁：这里是反语。

赏析

词人写词，或抒情、或比兴，单纯叙事的很少。然而纳兰性德此词手法出奇，仅写女子动作行止，一个美貌娇俏的女子形象便跃然纸上。尤其"盈盈"一词，用得极妙，清新别致，形神兼备。

浣溪沙（睡起惺忪强自支）

睡起惺忪①强自支，绿倾蝉鬓②下帘时。夜来愁损③小腰肢。　　远信不归④空伫望，幽期细数却参差⑤。更兼何事耐寻思？

注释

①惺忪：刚睡醒时眼睛模糊不清。②绿倾蝉鬓：指黑发披散下来。蝉鬓，古代女子的一种发式。因薄如蝉翼，故称蝉鬓。③愁损：因愁消瘦。④远信不归：远方的信没有到来。⑤幽期细数却参差：这里指女子细数情郎的归期，怎么掐算也不准确。幽期，本指欢会之期，这里是情郎归来的日子。

赏析

此词为感离别、叹相思之作。女子思念丈夫，幽凄孤苦。为何丈夫不在家，女子就如此孤苦呢？譬如纳兰家中，或许常让人有"侯门一入深如海"之感。女子生活行止都极度依赖丈夫。如府中人事皆陌生，唯一熟悉的丈夫又远赴他乡，人际关系和生活内容上都陷入空白的女子，其情状应是不好过的。词中上片写女子身姿形态，下片写女子内心，将其对丈夫的一腔望穿秋水之情描摹得淋漓尽致。

浣溪沙（五月江南麦已稀）

五月江南麦已稀①，黄梅时节②雨霏微。闲看燕子教雏飞。　　一水浓阴如罨画③，数峰无恙又晴晖。湔裙谁独上渔矶。

注释

①麦已稀：麦子已收割，田里所剩稀少。②黄梅时节：黄淮流域阴雨连绵时节，此时梅子黄熟，故有此称。③罨（yǎn）画：色彩明丽的画。罨，覆盖。

赏析

黄梅时节，端午前后，词人上片描写的"麦""雨""燕子"等，都是富有节令特点的事物。此时伫立窗前，看燕子学飞，颇有"落花人独立，微雨燕双飞"之意境。下片则是一幅泼墨画，色彩鲜丽，女子溪边捶打洗衣的声音如在耳边。这首词清雅有趣，平和明丽，是纳兰词的又一风格。

浣溪沙（残雪凝辉冷画屏）

残雪凝辉冷画屏，落梅①横笛已三更。更无人处月胧明②。　　我是人间惆怅客，知君何事泪纵横。断肠声③里忆平生。

注释

①落梅：即《梅花落》，古代羌族乐曲，以横笛吹奏。李白《与史郎中钦听黄鹤楼上吹笛》有"江城五月落梅花"。②胧明：

朦胧不清。③断肠声：催人泪下的曲子。

本词上阕写景，下阕抒情，结构平常，但词句俏皮，如同高明厨师，用平常食材做出了人间至味。起句有"冷画屏"之语，可见作者应在庭院居室之中，想必是当时北京城中纳兰府。夜深人静，雪映月辉，有人用笛子把《梅花落》吹了很多遍。这吹笛人是纳兰自己，还是隔院之中另外的人？平生感慨，都在一曲《梅花落》里了。

浣溪沙·咏五更和湘真①韵

微晕②娇花湿欲流，簟纹灯影一生愁。梦回疑在远山楼。
残月暗窥金屈戌③，软风徐荡玉帘钩。待听邻女唤梳头。

① 湘真：即陈子龙（1608—1647），字人中，号大樽，松江华亭人，明末大臣。②微晕：天刚亮的时候。③屈戌：门窗上铜制的钮环。此处代指女子的闺房。

陈子龙因抗清被缚，不屈而投水而亡，留有《湘真阁存稿》一卷。本篇作者所和之词就是陈子龙的《浣溪沙·五更》。陈词内容为："半枕轻寒泪暗流，愁时如梦梦时愁。角声初到小红楼。风动残灯摇绣幕，花笼微月淡帘钩，陡然旧恨上心头。"相比陈词，纳兰词更多旖旎，辞藻愈加富丽。

浣溪沙（五字诗中目乍成）

五字诗中目乍成①，尽教残福②折书生。手揉③裙带那时情。　　别后心期④和梦杳，年来憔悴与愁并。夕阳依旧小窗明。

注释

①五字诗中目乍成：五字诗，即五言诗；目乍成，即乍目成，目成指男女间以目传情。②残福：极言幸福短暂。③挼（ruó）：揉搓。④心期：内心的期待，愿望。

赏析

这首词中，有两句是袭用前人成句。"五字诗中目乍成"取自明末诗人王彦泓《有赠》诗句"矜严时已逗风情，五字诗中目乍成"。"尽教残福折书生"，则化自王彦泓《梦游十二首》之四中的"相对只消香共茗，半宵残福折书生"。王彦泓一生落拓，诗多艳情，纳兰性德引用或化用的两句，脱原诗之艳，添新词之雅。笺注家赵秀亭在《纳兰丛话》（续）中说："性德词多用王彦泓诗中语，而每能化污为洁，转浊成清。"

浣溪沙（记绾长条欲别难）

记绾①长条欲别难，盈盈自此隔银湾②。便无风雪也摧残。　　青雀几时裁锦字③，玉虫连夜剪春幡④。不禁辛苦况相关。

注释

①绾（wǎn）：盘绕，打结。②银湾：银河。③青雀几时裁锦字：青雀，即青鸟，传说中西王母的信使，此处代指信使；锦字，锦书、情书。④玉虫连夜剪春幡：玉虫，灯花；春幡，旧时迎春时挂在树上的帘子。

赏析

此为抒写离别相思之词。辛弃疾《汉宫春·立春日》有几句："春已归来，看美人头上，袅袅春幡。"可见，在文学作品中，"春幡"不仅可以表示时令，还可联想到美人。可惜，这美人和自己已经如牛郎织女一般"隔银湾"，而且音信不通，只能徒然相思。全词精于用典，思恋情深，辛苦但不凄苦，可见两人对未来还是存着美好的期盼的：总有相见的一天。此词或为纳兰性德随扈康熙巡幸江南，遇见沈宛又分别后所作。

浣溪沙·古北口①

　　杨柳千条送马蹄，北来征雁旧南飞②。客中谁与换春衣？
　　终古闲情归落照，一春幽梦逐游丝③。信回刚道④别
多时。

注释

　　① 古北口：长城上的一处重要关隘。② 旧南飞：之前往南飞的。③ 一春幽梦逐游丝：幽梦，隐约的梦境；游丝：飘荡的蛛丝。④ 刚道：偏道，偏说。

赏析

　　纳兰性德曾多次途经古北口。康熙十六年（1677年）十月皇帝赴汤泉，康熙二十一年（1682年）二月至五月皇帝巡视盛京、乌喇（也称兀喇、乌拉，在今吉林省。）等地，次年六月、七月皇帝奉太皇太后出古北口避暑，康熙二十三年（1684年）五月至八月皇帝出古北口避暑，纳兰性德都曾作为侍卫随行。结合"谁与换春衣"一句，此词应是康熙二十一年所作。当时纳兰性德已经续娶官氏为妻，词中提到"谁与换春衣"，所指应是妻子，可见其对官氏也颇为思念。

浣溪沙（身向云山那畔行）

　　身向云山那畔行，北风吹断①马嘶声。深秋远塞若为情②。　　一抹晚烟荒戍垒③，半竿斜日旧关城。古今幽恨几时平。

注释

　　① 吹断：因风大而听不见。② 若为情：当为"为若情"。若，

怎么、怎样的;为，产生;情，情怀、感触。③一抹晚烟荒戍垒:荒，可作形容词，也可作动词。意为夕阳晚烟下的荒凉的营垒，或一抹残阳使旧时的营垒看上去更加荒凉。

赏析

"身向云山那畔行，北风吹断马嘶声。"开篇点明作者此行目的地：北行出塞。而且加上后文"远塞"二字，应该是比之前所到之处更北的地方。"一抹晚烟荒戍垒，半竿斜日旧关城"，晚烟、荒垒、斜阳、关城，几个意象勾勒出一幅萧索清冷的战地风光。纳兰的边塞词同其他边塞词不同，更多表达的是个人的思索和感慨，常抒发迷茫不安以及人生无常之叹。

浣溪沙（万里阴山万里沙）

万里阴山①万里沙，谁将绿鬓斗霜华②？年来强半在天涯。　魂梦不离金屈戍③，画图亲展玉鸦叉④。生怜瘦减一分花⑤。

注释

①阴山：我国北方著名山脉，河套以北、大漠以南诸山的统称。这里借指边塞。②绿鬓斗霜华：绿鬓，乌黑的头发；霜华，白发。③金屈戍：门上铜制的钮环。这里代指恋人的居所。④玉鸦叉：即玉丫叉，女子头上的饰物。这里代指女子。⑤生怜瘦减一分花：生怜，甚怜；一分花，此指女子美丽的容颜。

赏析

阴山是河套以北、大漠以南诸山的统称。王昌龄《出塞》诗中有"但使龙城飞将在，不教胡马度阴山"的句子。结合"阴山御敌"的寓意，加上"年来强半在天涯"之句，此词很可能作于康熙二十一年。当年二月至五月，纳兰性德随皇帝巡视盛京、乌喇等地，到了八月又与副都统郎谈等人前往梭龙打虎山侦察敌情，十二月才回京，确实这一年几乎都出行在外。这首词是纳兰性德在边塞生活的真实写照和内心情感的抒发，并非富家公子的无聊呻吟之词。

浣溪沙·庚申除夜

收取闲心冷处浓，舞裙犹忆柘枝红。谁家刻烛①待春风？　竹叶樽空翻彩燕②，九枝灯炧颤金虫③。风流端合倚天公。

注释

① 刻烛：在蜡烛上刻记号，点燃后计算时间。② 竹叶樽空翻彩燕：竹叶，竹叶青酒；彩燕，旧时立春头戴的饰物，用丝绸剪作燕子形。③ 九枝灯炧（xiè）颤金虫：九枝灯，一干九枝的灯；炧，指灯芯燃烧后的灰，此指灯熄灭之意。金虫，女子的头饰。

赏析

庚申除夜，即康熙十九年（1680年）除夕夜。词中的"柘枝"即柘枝舞，唐代由西域传入内地，原为女子独舞，后演化为双人舞、多人舞。白居易写有《柘枝妓》诗。此舞姿势变化丰富，刚健明快，又婀娜俏丽，与现在新疆《手鼓舞》类似。上片写年末岁尾，作者想收起"闲心"，融入热闹场景，但看眼前思往日，他还是忍不住有些忧伤。"竹叶樽空翻采燕，九枝灯炧颤金虫"，富贵景象中他是格格不入的。此时其妻卢氏已经逝去三年，一切似乎都热闹如昔，但作者心中知道，一切终究是不同了。

浣溪沙·红桥怀古和王阮亭韵①

无恙年年汴水②流，一声《水调》③短亭秋。旧时明月照扬州。　惆怅绛河何处去？绿杨清瘦绾离愁。至今鼓吹竹西楼。

① 红桥怀古和王阮亭韵：红桥，在今江苏扬州；王阮亭，即王士禛（1634—1711），字子真，号阮亭，又号渔洋山人，山东新城（今山东桓台）人，清初著名诗人。② 汴水：大运河的一段，连接黄河至淮河，隋炀帝巡游江都曾经过汴河。皮日休《汴河怀古》："尽道隋亡为此河，至今千里赖通波。若无水殿龙舟事，共禹论功不较多。"③ 水调：古曲调名，相传为隋炀帝因汴河开通而作。

赏析

红桥在扬州城西北二里，纳兰性德好友王士禛写有《红桥游记》。结合康熙皇帝年表，此词应为作者于康熙二十三年（1684年）随幸扬州时所作。词有对自然景物的描绘，如汴水、明月、绿杨等，又有对历史遗迹的探寻，今昔对比，抒发了作者对历史变迁的思考和感悟。

浣溪沙（凤髻抛残秋草生）

凤髻抛残秋草生，高梧湿月冷无声。当时七夕有深盟。
信得羽衣传钿合，悔教罗袜送倾城①。人间空唱《雨淋铃》。

注释

① 悔教罗袜送倾城：教，将；罗袜，这里指妻子生前所用之物；倾城，本指绝色美女，这里代指妻子。

赏析

词上片说亡妻已逝，只有作者一人独自回忆曾经的誓言；下片写心中悲痛，难舍爱妻。词中的《雨淋铃》即《雨霖铃》，原是唐教坊曲名。唐郑处诲《明皇杂录补遗》有记载："明皇既幸蜀，西南行，初入斜谷，属霖雨涉旬，……采其声为《雨霖铃》曲，以寄恨焉。""七夕""雨淋铃"都是借唐明皇与杨贵妃之典故，写对亡妻的无限怀思。

浣溪沙（肠断斑骓去未还）

肠断斑骓①去未还，绣屏深锁凤箫寒②。一春幽梦有无间。　　逗雨疏花浓淡改，关心芳草浅深难。不成风月③转摧残。

注释

①斑骓（zhuī）：青白杂色的马，神骏异常。②凤箫寒：这里指凤箫被弃置，不再吹奏。凤箫，排箫。③不成风月：不成，难道；风月，男女之间的情事。

赏析

此词上片三句全用韵，下片末二句用韵，音节明快，仿佛马蹄声声就在耳畔。作者身为侍卫，时常是"眼底风光留不住，和暖和香，又上雕鞍路"，奔波是他的生活常态，跟马儿相处的时间可能多过与亲人在一起的时间，一朝离家就是风雨漂泊，因此当他以女子口吻抒写闺怨之词时，虽非亲身经历，却皆是他内心深处情感的映射：不通音信，牵挂忧心，做什么都了无心绪。什么时候才能结束这样的生活呢？身不由己，不知时日。

浣溪沙（旋拂轻容写洛神）

旋拂轻容写洛神①，须知浅笑是深颦。十分天与可怜春。掩抑薄寒施软障②，抱持纤影藉芳茵③。未能无意下香尘④。

注释

①旋（xuán）拂轻容写洛神：旋，随意；拂，铺展；轻容，一种薄纱，此处指作画的绢纸；洛神，洛水之神，名曰宓妃，泛指绝色美女。②掩抑薄寒施软障：掩抑，抵御；薄寒，轻寒；软障，这里指柔软的布幔。③抱持纤影藉芳茵：纤影，纤瘦的影子，这里指洛神轻盈的体态；藉，本指靠，这里指站立；芳茵，华美的垫

子。④ 未能无意下香尘：指不能使洛神从画里走出来。香尘，指女子的步履。

赏析

洛神是传说中的洛水女神，原是伏羲氏的女儿，传说因迷恋洛河美景而降临洛河岸边。曹植所作的《洛神赋》写道："翩若惊鸿，婉若游龙。荣曜秋菊，华茂春松。仿佛兮若轻云之蔽月，飘飘兮若流风之回雪。远而望之，皎若太阳升朝霞；迫而察之，灼若芙蕖出渌波。"由曹植之笔，可知洛神之美。作者此词所述，或是为一位极美的女子画像，或者是为美女画像作词。在纳兰词中，像这样情致绵绵的开怀之作并不多见。

浣溪沙（十二红帘窣地深）

十二红帘窣地深①，才移刬袜②又沉吟。晚晴天气惜轻阴。　珠祓佩囊三合字③，宝钗拢鬓两分心④。定缘何事湿兰襟？

注释

① 十二红帘窣（sū）地深：十二红，太平鸟的别称；窣，下垂。② 刬（chǎn）袜：只穿着袜子行走。③ 珠祓（jié）佩囊三合字：珠祓，缀珠的裙带；三合字，男女双方的配饰上各绣三个字的半边，合在一起就成完整的三个字。④ 两分心：女子的一种发式，像分开的两个心字。

赏析

词中"惜轻阴"之语，有珍惜时光之意，实则是惜取自己的青春时光。所谓三合字，即情侣佩戴的一对香囊上各绣三个半边字，两个香囊合在一起就是三个完整的字。女主人公佩戴三合字香囊，可见早有佳偶。那么又为何"湿兰襟"呢？或许是人心难猜、世事无常，总有幽怨在心头？此词虽为闺怨词，但不仅仅局限于写闺中情事，更隐含了对人性复杂、世事多变的深刻洞察与感慨。

浣溪沙（容易浓香近画屏）

容易浓香近画屏^①，繁枝影著半窗横。风波狭路倍怜卿。　　未接语言^②犹怅望，才通商略已瞢腾^③。只嫌今夜月偏明。

注释

①容易浓香近画屏：此为倒装句，当是"容易近浓香画屏"，意即不知不觉中走近画屏。因旧时画屏绘有山水花鸟，让人觉得亦有花草之香。②未接语言：没有交谈过。③才通商略已瞢（méng）腾：商略，本义为商量，这里指交谈；瞢腾，茫然不知所措。

赏析

上阕写景，展现一种婉约、含蓄之美：古代的窗户都用纸或者纱来糊，灯影之下，窗上映照景影或者人影，便如一幅画一样。远远望去，倍感影之绰约、朦胧之美。下阕写主人公：一对有情男女，骤然相见，惶然又激动，急于互诉衷情，但又担心被人瞧见，展现了"偷恋"者甜蜜又矛盾的复杂心理状态。

浣溪沙（十八年来堕世间）

十八年来堕世间^①，吹花嚼蕊弄冰弦^②。多情情寄阿谁^③边？　　紫玉钗斜灯影背，红绵粉冷枕函^④偏。相看好处却无言。

注释

①十八年来堕世间：此句引自李商隐《曼倩辞》"十八年来堕世间，瑶池归梦碧桃闲"。②吹花嚼蕊弄冰弦：吹花，实为吹叶，嘴含叶子吹出声音；嚼蕊，即嚼花蕊，应当是嗅花蕊；冰弦，冰蚕丝做的琴弦。③阿谁：即谁，这里指作者自己。④枕函：即枕匣，

匣状枕头，中间可以放小物件。

赏析

　　有说此词写的是纳兰性德的发妻卢氏，理由是两人结婚时纳兰20岁，卢氏18岁，符合"十八年来堕世间"之语；也有人说此词写的是沈宛，理由是词中女子多才多艺，更像江南才女沈宛。总之，词中女子应为纳兰性德倾心之人，其人娇美动人，让人无限怜爱与赞赏。晚清词人况周颐的《蕙风词话》曾点评说："《饮水词》有云'吹花嚼蕊弄冰弦'，又云'乌丝阑纸娇红篆'。容若短调，轻清婉丽，诚如其自道所云。"

浣溪沙·寄严苏友

　　藕荡①桥边理钓筒，苎萝西去五湖东②。笔床③茶灶太从容。况有短墙银杏雨，更兼高阁玉兰风。画眉④闲了画芙蓉。

注释

　　①藕荡：严苏友老家附近有杨湖，湖中有荷花，严苏友自号藕荡渔人。②苎萝西去五湖东：苎萝，即浙江苎萝山，相传西施为此山鬻薪者之女；五湖，本指洞庭湖、鄱阳湖、太湖、巢湖、洪泽湖，这里指太湖。③笔床：搁放毛笔的专用器物。④画眉：指为妻子画眉毛。

赏析

　　严绳孙（1623—1702），字苏友，曾经客居京城求取功名，后两度回乡，一次是康熙十五年（1676年），一次是康熙二十四年（1685年）。顾贞观《离亭燕·藕荡莲》曾写道："地近杨湖，暑月香甚，其旁为埽荡营，盖元明间水战处也。苏友往来湖上，因号藕荡渔人。"词中之"藕荡桥"，即严绳孙家乡附近之桥。好友南下故乡，纳兰性德作词赠之。这首词语调随意，舒缓从容，透出其对严绳孙隐居乡野、悠闲自如生活的激赏。

浣溪沙（欲寄愁心朔雁边）

欲寄愁心朔雁边^①，西风浊酒惨离筵。黄花时节碧云天^②。　　古戍烽烟迷斥堠^③，夕阳村落解鞍鞯^④。不知征战几人还？

注释

①欲寄愁心朔雁边：此句化用李白《闻王昌龄左迁龙标遥有此寄》"我寄愁心与明月，随风直到夜郎西"。朔雁，北方边塞之雁。②黄花时节碧云天：此句化用王实甫《西厢记》："碧云天，黄花地，西风紧，北雁南飞。"③古戍烽烟迷斥堠（hòu）：古戍，指前朝遗留下来的城堡、烽火台等；斥堠，边关哨所。④鞍鞯（ānjiān）：鞍和托鞍的垫子。

赏析

西北边塞不同于江南，那里的天气总有一种萧索与寒意。关山冷落，各种生命销声匿迹，甚至大雁都少见踪迹。上阕写离别愁绪，下阕写戍守边关的将士在战斗间隙片刻的宁静，两相对比，表达了对远在他乡征人的不胜悲悯和伤怀之感。

浣溪沙（败叶填溪水已冰）

败叶填溪水已冰，夕阳犹照短长亭^①。行来废寺失题名^②。驻马客临碑上字，斗鸡人^③拨佛前灯。劳劳尘世几时醒？

注释

①短长亭：亭，古时设在路旁供行人休息之用，因亭与亭之间的距离长短不同，因此有"长亭""短亭"之别。②失题名：庙宇墙壁上的题字因荒废已经模糊难辨。③斗鸡人：游手好闲之人。

赏析

斗鸡之戏在战国时即已存在。《战国策·齐策》说："临淄甚富而实，其民无不吹竽鼓瑟，击筑弹琴，斗鸡走犬，六博蹋踘者。"唐代的文学家韩愈曾在诗中描写斗鸡场面："裂血失鸣声，啄殷甚饥馁，对起何急惊，随旋诚巧绐。"斗鸡通常伴随赌博，参与者以金钱押注，赌甲鸡或乙鸡胜出。词中"斗鸡人"与"倚马客"对仗，意指如今寺中之人已非往日的善男信女，而是闲游的公子哥之类的人物。

霜天晓角（重来对酒）

重来对酒。折尽风前柳。若问看花情绪，似当日、怎能彀①？　　休为西风瘦。痛饮频搔首②。自古青蝇白璧③，天已早、安排就。

【注释】

①彀（gòu）：通"够"。②搔首：即以手搔头。焦急或有所思貌。③青蝇白璧：喻小人污损好人清白。青蝇，苍蝇；白璧，美玉。

【赏析】

"霜天晓角"是词牌名。又名"月当窗""长桥月""踏月"。这首词是送别友人之作。应是友人被他人诽谤，纳兰容若与其饮酒解愁，表达对友人被陷害的愤慨之情。

菩萨蛮·回文①

雾窗寒对遥天暮，暮天遥对寒窗雾。花落正啼鸦。鸦啼正落花。　　袖罗垂影瘦，瘦影垂罗袖。风剪一丝红②，红丝一剪风③。

【注释】

①回文：相同的词或句子，在下文中调换位置或颠倒过来，产生首尾回环的情趣，叫作回文。也叫回环。②风剪一丝红：风剪，即风吹；红，花。③一剪风：一丝风。

回文是诗词中的一种创作手法，即某些诗词字句，顺读、逆读，均能成句。这种手法的起源说法不一，一说起自南朝梁刘勰，其《文心雕龙·明诗》中说："回文所兴，则道原为始。联句共韵，则柏梁余制。"也有说起自前秦窦滔妻苏蕙的《璇玑图》诗。这首词应是场面应酬之作，显示了作者娴熟的文字技巧。

菩萨蛮（隔花才歇廉纤雨）

隔花才歇廉纤雨，一声弹指①浑无语。梁燕自双归，长条脉脉垂。　　小屏山色远②，妆薄铅华③浅。独自立瑶阶④，透寒金缕鞋⑤。

注释

①弹指：本指捻弹手指作声。这里指弹琴。②小屏山色远：小屏，小屏风；山色远，指屏风上的山水图案很淡。③铅华：铅粉。④瑶阶：台阶的美称。⑤金缕鞋：绣有金字的鞋子。

赏析

首句借雨写愁，次句点出缘由，"一声弹指"，既写琴音，又表心音。燕子双归，独立瑶阶，两相对比，一名孤单女子的落寞之情跃然眼前。

菩萨蛮（新寒中酒敲窗雨）

新寒中酒①敲窗雨，残香细袅秋情绪。才道莫伤神，青衫湿一痕②。　　无聊成独卧，弹指③韶光过。记得别伊时，桃花柳万丝。

注释

①中酒：醉酒。②青衫湿一痕：意谓伤心落泪，泪湿衣衫。③弹指：佛教中的一个时间量词，常用来比喻时光的短暂。《僧祗

律》："一刹那者为一念，二十念为一瞬，二十瞬为一弹指。"

【赏析】

　　这首词写思念之苦。上片写以酒浇愁，泪洒衣衫。下片写弹指间时光一去不复返，可是思念之苦依旧。此处之"弹指"是一个时间量词，源自佛家用语。《翻译名义集·时分》载："《僧祇》云，二十念为一瞬，二十瞬为一弹指。"《法华经·神力品》载："一时謦欬，俱共弹指。"词中"记得别伊时，桃花柳万丝"，今昔强烈对比，过去有多美好，当下就有多悲凄。全词跳宕曲折，真实细腻，怅然作结。

菩萨蛮（淡花瘦玉轻妆束）

　　淡花瘦玉轻妆束，粉融轻汗红绵扑①。妆罢只思眠，江南四月天。　　绿阴帘半揭，此景清幽绝。行度②竹林风，单衫杏子红。

【注释】

　　① 红绵扑：丝绵做的红色粉扑。② 行度：指风吹过。

【赏析】

　　此词是一首带着喜悦与欣喜之情的情诗。词中"单衫杏子红"引自《西洲曲》。《西洲曲》是南朝乐府民歌中最长的抒情诗篇，也是南朝乐府民歌的代表作。

菩萨蛮（梦回酒醒三通鼓）

　　梦回酒醒三通鼓①，断肠啼鴂花飞处。新恨隔红窗，罗衫泪几行。　　相思何处说？空有当时月。月也异当时，团栾②照鬓丝。

【注释】

　　① 三通鼓：即三更时分。② 团栾：团圆，指圆月。

月夜更深，作者梦回酒醒，想起昔日之人，怀念之情倍增。此刻又有杜鹃悲啼，作者断肠流泪，不知道把这相思之情对谁说。明月还是一样的明月，但是月下的人已经仅剩作者孤单一人。此情缠绵，凄然销魂。

菩萨蛮（催花未歇花奴鼓）

催花未歇花奴①鼓，酒醒已见残红舞②。不忍覆余觞③，临风泪数行。　　粉香④看欲别，空剩当时月。月也异当时，凄清照鬓丝。

注释

①花奴：唐玄宗时汝阳王李琎的小名。②残红舞：指花落下。③余觞：杯中残酒。④粉香：代指倾心的女子。

赏析

词中的"花奴"是唐代汝阳王的小名，汝阳王善击羯鼓，很受唐玄宗的钟爱，后人便以花奴鼓代称羯鼓。传说唐玄宗有一次在宫中游赏，看到花儿含苞待放，起了兴致，便让高力士取来羯鼓，奏了一曲《春光好》，鼓声之后，那些花儿竟然全都开了，故而有鼓声"催花"之说。这首《菩萨蛮》，有人考证说是作者出使塞外期间思怀爱侣之作。清初词人先著、程洪在《词洁》中点评的"轻而不浮，浅而不露，美而不艳，动而不流"之句可用于此词。

菩萨蛮·早春

晓寒瘦著①西南月，丁丁漏箭余香咽②。春已十分宜，东风无是非③。　　蜀魂④羞顾影，玉照斜红冷⑤。谁唱《后庭花》，新年忆旧家。

注释

①瘦著：瘦削。②丁丁漏箭余香咽：丁丁，漏壶滴水清脆的声音；漏箭，漏壶中有刻度的箭，随水沉浮以计时；咽，充塞。③东风无是非：即东风不寒不暖，不疾不徐。④蜀魂：杜鹃鸟，传为蜀帝杜宇所化。⑤玉照斜红冷：玉照，本为宋张镃堂名。其堂周围皆种梅，皎洁辉映，夜如对月，故名玉照堂。斜红，梅花，梅花枝丫横斜。

赏析

《后庭花》即《玉树后庭花》，南朝陈后主所作。其曲原是赞美张贵妃、孔贵嫔的美色。

据说张贵妃本是歌伎，她发长七尺，光泽可人，陈后主对她一见钟情，甚至携其于膝上，在朝堂上与大臣们共商国是。后人以此曲为亡国之音、不祥之兆。纳兰性德为何会有亡国之慨、怀念故国之叹？似乎不合其身份、处境。因此有人说这首词或许是他人之作，误杂入纳兰作品集中。

菩萨蛮（窗前桃蕊娇如倦）

窗前桃蕊娇如倦，东风泪洗胭脂面。人在小红楼，离情唱《石州》①。　　夜来双燕宿，灯背屏腰绿②。香尽雨阑珊，薄衾寒不寒？

注释

①石州：指乐府商调曲名。曲调凄怆哀怨。②灯背屏腰绿：灯背，即背灯，灯光照不到的地方；屏腰，屏风的中间；绿，幽暗。

赏析

上片首两句语带双关，既写人又绘景，后两句写女子哀唱离愁之曲。李商隐《代赠》有句："东南日出照高楼，楼上离人唱《石州》。"下片以双燕烘托，离愁别恨更进一步。李商隐《戏题枢言草阁三十二韵》有"年颜各少壮，发绿齿尚齐"之句，作者应是化用于此。最后两句回应上阕开头两句，泪洗净了胭脂，香气没有了，只能憔悴拥被而眠。

菩萨蛮（朔风吹散三更雪）

朔风吹散三更雪，倩魂犹恋桃花月^①。梦好莫催醒，由他好处行。　　无端听画角^②，枕畔红冰^③薄。塞马一声嘶，残星拂大旗^④。

注释

①倩魂犹恋桃花月：倩魂，即倩娘魂。典出唐陈玄佑《离魂记》。倩娘与表兄相恋，其父却将她另嫁他人。其后，表兄远赴长安，倩娘的魂魄随其同行。桃花月，农历二三月桃花盛开，故称桃花月。②画角：精致的角。角，古代的一种乐器，吹奏用以报时。③红冰：泪落成冰。④残星拂大旗：流星从大旗上方划过。大旗，军中的旗帜。

赏析

纳兰性德的边塞词自有特色，做到了婉约与豪放的巧妙融合。其词既细腻温婉，又不失豪迈与苍凉，形成了刚柔并济的意境。恰如此词，既有"倩魂犹恋桃花月"的柔情绮思，又有"塞马一声嘶，残星拂大旗"的凛冽雄壮，情感真挚，动人心弦。

菩萨蛮（问君何事轻离别）

问君何事轻离别，一年能几团栾月？杨柳乍如丝，故园春尽时。　　春归归不得，两桨松花隔^①。旧事逐寒潮，啼鹃^②恨未消。

注释

①松花隔：被松花江隔断。②啼鹃：杜鹃。

赏析

　　此词上阕模拟妻子语气，质问"何事轻离别"。下阕写作者回复"归不得"的缘由，即公务在身，身不由己。从词中"松花隔"之语，推断这首词大约作于康熙二十一年（1682 年）。康熙皇帝于这年二月十一由北京出发，到盛京告祭祖陵，并巡视吉林府乌喇等地。纳兰性德身为一等侍卫，自然扈从左右。三月二十五，康熙一行抵吉林乌喇，在松花江岸举行了望祭长白山等仪式。

菩萨蛮·为陈其年题照①

　　《乌丝》曲倩红儿谱②，萧然半壁惊秋雨。曲罢髻鬟偏，风姿真可怜。　　须髯③浑似戟，时作簪花剧④。背立讶⑤卿卿，知卿无那⑥情。

注释

　　①陈其年：即陈维崧（1625—1682），字其年，号迦陵，常州府宜兴县（今江苏宜兴）人，陈贞慧之子。清初阳羡词派领袖，著有《湖海楼词》《迦陵文集》等。与纳兰有交游。题照：在画像上题词。②《乌丝》曲倩红儿谱：《乌丝》，指陈其年所作的词集《乌丝词》；红儿，本指唐代名妓杜红儿，后泛指歌伎，这里指陈其年的歌女。③须髯：络腮胡子。陈其年清臞多髯，人称陈髯。④簪（zān）花剧：头上插花。剧，这里有夸张之意。⑤讶：惊诧。⑥无那：无奈。

赏析

　　陈其年，即陈维崧，他比纳兰年长 30 岁，二人为忘年交。康熙十七年（1678 年）戊午闰三月二十四日，广东著名诗画僧大汕为陈其年画小像，其时陈其年人在扬州。当年秋天，陈其年入京应博学鸿词科试，画像也带到北京。当时有名士 30 余人为此图题咏，纳兰性德也是其中之一。词上片写陈其年行乐场景，下片赞赏其风流倜傥、有豪侠之气。全词语带戏谑，轻快洒脱，显示二人关系亲密，不拘一格。

菩萨蛮·宿滦河①

玉绳②斜转疑清晓，凄凄白月渔阳③道。星影漾寒沙，微茫织浪花。　　金笳鸣故垒，唤起人难睡。无数紫鸳鸯，共嫌今夜凉。

注释

①滦河：河北东北部的一条河流，入渤海。②玉绳：本指北斗第五星以北两星。这里代指北斗星。③渔阳：在北京密云西南，因在渔水之阳，故名。

赏析

上片首句"玉绳斜转疑清晓"，写北斗七星的斗柄部分已斜转，表示时间是三更已过，与"疑清晓"对应。此片点题，其景正是夜宿滦河所见。下片写情。唐代诗人李颀有《听董大弹胡笳弄兼寄语房给事》，描摹胡笳之悲切："蔡女昔造胡笳声，一弹一十有八拍。胡人泪落沾边草，汉使断肠对归客。"作者以悲戚金笳声、缠绵紫鸳鸯双宿，反衬孤独之感，意蕴悠然不尽。

菩萨蛮（荒鸡再咽天难晓）

荒鸡再咽天难晓①，星榆②落尽秋将老。氍幕绕牛羊③，敲冰饮酪浆。　　山程兼水宿，漏点清钲续。正是梦回时，拥衾无限思。

注释

①荒鸡再咽天难晓：荒鸡，三更以前啼鸣之鸡，古人认为荒鸡叫主不祥，是战事将起的征兆；再咽，指第二遍鸡叫已过。②星榆：密密扎扎的榆树。③氍幕绕牛羊：此为倒装句，当是"牛羊绕氍幕"。氍同"毡"。

【赏析】

词中"荒鸡"为用典。《晋书·祖逖传》记载:"(祖逖)与司空刘琨俱为司州主簿,情好绸缪,共被同寝。中夜闻荒鸡鸣,蹴琨觉曰:'此非恶声也。'因起舞。"苏轼《召还至都门先寄子由》诗云:"荒鸡号月未三更,客梦还家得俄顷。"黄天骥在《纳兰性德和他的词》中点评道:"这词写征人行军露宿,午夜梦回的心情。词的最后才点出'思'字,但通篇所写边塞夜深荒漠的景色,都是为了衬托征人的'无限思'。"

菩萨蛮（白日惊飙冬已半）

白日惊飙①冬已半,解鞍正值昏鸦乱。冰合大河流,茫茫一片愁。　烧痕空极望②,鼓角高城上。明日近长安,客心愁未阑③。

【注释】

①惊飙:狂风。②烧痕空极望:野火烧过的草原一眼望不到头。烧痕,野火烧后的灰。③阑:尽。

【赏析】

长安,西安的古称,是中国历史上建都朝代最多和影响力最大的都城,位列四大古都之首。在很多诗人、词人的作品中,常用长安寓指当朝都城。本文中长安代指北京城。此词写作者塞外归来,即将回到京城。在外时思念家乡,可是即将归家,却又时时想起路途情景。结尾两句化用谢朓《暂使下都夜发新林至京邑赠西府同僚》"大江流日夜,客心悲未央"之句,语尽而意无穷。

菩萨蛮（榛荆满眼山城路）

榛荆满眼山城路,征鸿不为愁人住①。何处是长安?湿云吹雨寒。　丝丝②心欲碎,应是悲秋泪。泪向客中多,归时又奈何!

注释

①住：停留。②丝丝：指蒙蒙细雨。

赏析

　　柳宗元《首春逢耕者》诗里有"故池想芜没，遗亩当榛荆"之句。纳兰性德此行，应是极为荒僻之处，到处少见人烟，心比眼前景物更荒芜。身心两层荒芜重叠，心中难过、空洞、迷茫交杂，想要回家，可是回家似乎也不能止住悲伤。此词或为卢氏去后的悼亡之作。

菩萨蛮（黄云紫塞三千里）

　　黄云紫塞①三千里，女墙西畔啼乌起。落日万山寒，萧萧②猎马还。　　笛声听不得，入夜空城黑。秋梦不归家，残灯落碎花。

注释

①紫塞：长城。据说长城土色皆紫，这可能是特定时段阳光照射下的颜色。②萧萧：马的嘶鸣声。

赏析

　　盛冬铃《纳兰性德词选》点评说，"身在塞外，心系故园。容若奉使途中……也曾以'王事兼程促，休嗟客鬓斑'（《塞外示同行者》）之类的话慰勉同伴"，然而在此词中，夜幕之下，风月俱寒，他内心的孤寂与脆弱暴露无遗。

菩萨蛮·寄梁汾苕中①

　　知君此际情萧索②，黄芦苦竹孤舟泊③。烟白酒旗青，水村鱼市晴。　　柁楼今夕梦④，脉脉春寒送。直过画眉桥，钱塘江上潮。

① 苕中：江苏苏州。苕，苏州西北外有苕溪，故云。② 萧索：落寞。③ 黄芦苦竹孤舟泊：此处化用白居易《琵琶行》"住近湓江地低湿，黄芦苦竹绕宅生"。④ 柁楼今夕梦：意为往昔向往的荡舟湖中的神仙生活。柁楼，大船上舵手操舵的小阁，柁通"舵"；今夕，往昔。

人们常说，人生得一知己，死而无悔。对于同顾贞观（号梁汾）的这份友情，纳兰性德极为珍视。苕中指顾贞观南归后寓居之地。与纳兰塞外词的凄苦悲凉不同，此词略带伤感，但更多的是宁静平和、美好的祝愿，可见作者对于友人的南归生活还是十分放心的。至少南方气候温暖，不至于受冷风催逼之苦。本词为送别友人词中的佳作。

菩萨蛮（萧萧几叶风兼雨）

萧萧几叶风兼雨，离人偏识长更苦。欹①枕数秋天，蟾蜍早下弦。　　夜寒惊被薄，泪与灯花落。无处不伤心，轻尘在玉琴。

① 欹：通"倚"，靠着。

这首词写作手法似南唐后主李煜的白描手法，上片写景，下片写情，朴素中透出无限悲凉凄清的情思。纳兰性德十分推崇李煜，其作品也多受李煜词的影响。

菩萨蛮（为春憔悴留春住）

　　为春憔悴留春住，那禁半霎①催归雨？深巷卖樱桃，雨余红更娇。　　黄昏清泪阁②，忍便③花飘泊。消得一声莺，东风三月情。

注释

　　①半霎（shà）：极短的时间。霎，一瞬间。②阁：噙着。③忍便：忍看。这里是反语，本意是不忍看。

赏析

　　这首词为伤春之作。盛冬铃在《纳兰性德词选》中点评这首词说："细玩词意，亦当是'男子而作闺语'。而其'消得一声莺，东风三月情''深巷卖樱桃，雨余红更娇'云云，写来有声有色，别具风韵，自是楚楚动人。"

菩萨蛮（晶帘一片伤心白）

　　晶帘①一片伤心白，云鬟香雾成遥隔②。无语问添衣，桐阴月已西。　　西风鸣络纬③，不许愁人睡。只是去年秋，如何泪欲流。

注释

　　①晶帘：水晶帘。②云鬟香雾成遥隔：云鬟香雾，女子的头发和发香。典出杜甫《月夜》中的"香雾云鬟湿，清辉玉臂寒"。成遥隔，成了遥远的记忆。③络纬：莎鸡，俗称纺织娘。

赏析

　　这是一首悼亡之作。"晶帘一片伤心白，云鬟香雾成遥隔。"白色是丧礼之色，"成遥隔"亦是说斯人已逝。"云鬟香雾"化自杜甫《月夜》诗："香雾云鬟湿，清辉玉臂寒。"结合原诗意境，更添心伤。此词运笔如行云流水，哀思之情表现得淋漓尽致。

菩萨蛮（乌丝画作回文纸）

乌丝画作回文纸①，香煤暗蚀藏头字②。筝雁③十三双，输他作一行④。　　相看仍似客，但道休相忆。索性不还家，落残红杏花。

注释

① 乌丝画作回文纸：乌丝，有格子的纸；回文，本指回文诗，这里指情诗；纸，信笺。② 香煤暗蚀藏头字：香煤，即墨；蚀，污损；藏头，这里指藏头诗每一行的头一个字。③ 筝雁：古筝上有十三根弦，每根弦两头有柱，排列如雁行，故云。④ 输他作一行：比它差在（我）只是单独一行。

赏析

词的上片写前尘往事如在昨日，其人其事萦绕心间。下片写如今自己独处，随处可见都是故人踪迹，"索性不还家"，避免触景伤情。这首词作于清康熙十六年（1677年）秋，距卢氏之死约三个月，正是纳兰性德内心满蕴悲痛和哀思之时。

菩萨蛮（阑风伏雨催寒食）

阑风伏雨①催寒食，樱桃一夜花狼藉。刚与病相宜②，琐窗③熏绣衣。　　画眉烦女伴，央及④流莺唤。半晌试开奁，娇多直自嫌。

注释

① 阑风伏雨：连绵不断的风雨。② 相宜：本指合适，这里指病刚好。③ 琐窗：镂刻有连环形花纹的窗棂，可代指闺房。④ 央及：央求。

赏析

寒食节亦称"禁烟节""冷节""百五节"，在夏历冬至后一百零五日，清明节前一二日。最初的寒食节禁烟火，只吃冷食。后来逐渐增加了祭扫、踏青、秋千、蹴鞠、牵钩、斗卵等风俗，为民间第一大祭日。此词所写，是一女子刚刚病愈而起，勉力参与寒食节的情形。全词内容家常，但所表情感不失其真挚与深沉。

菩萨蛮（春云吹散湘帘雨）

春云吹散湘帘①雨，絮黏②蝴蝶飞还住。人在玉楼中，楼高四面风。　柳烟丝③一把，暝色④笼鸳瓦⑤。休近小阑干，夕阳无限山。

注释

①湘帘：用湘妃竹编成的帘子。②黏（nián）：连接着。③柳烟丝：蒙蒙细雨中的柳丝。④暝色：暮色。⑤鸳瓦：即鸳鸯瓦。因成对排列，故云。

赏析

这首词手法含蓄，只描写景物而未明确表情，类似于《花间集》的风格。黄天骥《纳兰性德和他的词》中，指出其蕴含意味："这是写楼头思妇怀念远方游子的词。云收雨散，春意阑珊，她登上高楼，遥望远方。在苍茫的暮色中，她只见杨柳如烟，看不清楚。于是，她叮嘱自己，不要凭栏纵目了。因为，那夕阳落在无限山之中，而行人更在无限山之外，怎么也望不见！"

减字木兰花·新月

晚妆欲罢，更把纤眉临镜画。准待分明①，和雨和烟两不胜。　莫教星替，守取团圆②终必遂。此夜红楼。天上人间一样愁。

注释

①分明：清楚。②守取团圆：等到月圆时。这里是双关，另

一层意思是与意中人团圆。

赏析

“减字木兰花”最初为唐教坊曲名，后用为词牌名，简称“减兰”。词中“莫教星替”之语，出自李商隐《李夫人》之“惭愧白茅人，月没教星替”句，其句为李商隐借他人之事，表自己之忠贞。是说他妻子王氏逝后，他不愿以星代月，续弦另娶。纳兰性德引用此语，想是同样表达其妻卢氏无可取代之意。

减字木兰花（烛花摇影）

烛花摇影①，冷透疏衾②刚欲醒。待不思量，不许孤眠不断肠。　　茫茫碧落，天上人间情一诺。银汉难通，稳耐风波愿始从③。

注释

①烛花摇影：指蜡烛的光焰摇动时室内的影子也连着晃动。②疏衾：薄被子。③稳耐风波愿始从：安心忍耐着银河的风波，甘愿一直追随。

赏析

“碧落”代指“天”，白居易《长恨歌》有“上穷碧落下黄泉”之句，隐指宫禁或帝王所居。“天上”“银汉”与此类似，“人间”则指民间。有指此词为纳兰性德为选入宫中的表妹而作。

减字木兰花（相逢不语）

相逢不语，一朵芙蓉著秋雨。小晕红潮①，斜溜②鬟心只凤翘。　　待将低唤，直为③凝情恐人见。欲诉幽怀，转过回阑叩玉钗。

注释

①小晕红潮：脸上泛起微微的红晕。②斜溜：斜插在。③直为：

只为，只是因为。

这首词上片写少女沉静之美：含羞不语，如雨后荷花，娇俏动人。下片写少女动态之美，将其欲言又止的复杂娇羞心理表现得惟妙惟肖。全篇情景俱到，形神俱佳，是词人爱情词佳作之一。

减字木兰花（从教铁石）

从教铁石①，每见花开成惜惜②。泪点难消，滴损苍烟玉一条。　　怜伊太冷，添个纸窗疏竹影。记取相思，环佩归来③月上时。

注释

①从教铁石：从教，任凭，纵使；铁石，指心如铁石。②惜惜：怜惜。③环佩归来：此句化用姜夔《疏影》"昭君不惯胡沙远，但暗忆江南江北。想佩环月夜归来，化作此花幽独"。

赏析

这是一首咏梅词。纳兰性德咏梅不同于其他词人，与林逋类似，即弱化其自身审视的目光，将梅作为平等主体来吟咏。在其笔下的梅花，如一位有生命、有意识的美人，没有一句刻意描画，梅花的形象却历历可见。

减字木兰花（断魂无据）

断魂无据①，万水千山何处去？没个音书，尽日东风上绿除②。　　故园春好，寄语落花须自扫。莫更③伤春，同是恹④恹多病人。

注释

①无据：无所依凭。②绿除：被苔藓覆盖的台阶。除，台阶。③更：再。④恹（yān）恹：精神不振的样子。

赏析

这首词开篇"断""无"两字，将妻子抱怨征战在外的人漂泊无信的状况描绘出来。继而进一步写，征人离家时间之久，久到台阶都长满了青苔。下片是征人的回答，二人像是在对话：想故园春色正好，可惜只你一人扫去满地残红。不要再伤感了，我也一样想念你。此词构思巧妙，如一封家常书信，情真意长，于无声处动人心。

减字木兰花（花丛冷眼）

花丛冷眼，自惜寻春来较晚。知道①今生，知道今生那②见卿。　　天然绝代，不信相思浑不解。若解相思，定与韩凭③共一枝。

注释

①知道：反语，实为不知道。②那：哪。③韩凭：干宝《搜神记》载，战国时宋康王见舍人韩凭的妻子何氏美貌，将其霸占，韩凭夫妇殉情自杀。宋康王不让韩凭夫妇合葬。后来，两棵大树从两座坟头长出，两树树干弯曲，根在地下相交，枝在上面交错。又有两只鸳鸯，常在树上交颈悲鸣。宋国人称两树为相思树，视鸳鸯为韩凭夫妇精魂所化。

赏析

这首词写的是有缘无分、恋而不得的故事。当代学者张秉成在《纳兰词笺注》中点评说："上片言苦恨相逢太晚。下片说与她难成佳配，于是怅恨绵绵。此篇虽是写爱情的失意，但不像作者其他爱情之作那样伤感。这在纳兰词中也是少见的。"

卜算子·咏柳

娇软不胜①垂，瘦怯那禁舞。多事年年二月风，剪出鹅黄缕。　　一种可怜生，落日和烟雨。苏小门前长短条②，即渐迷行处。

注释

①不胜：受不了。②苏小门前长短条：传说苏小小门前遍植柳树。苏小，即名妓苏小小；长短条，即柳枝。

赏析

这首词上片写柳之形，下片写其神韵，又用苏小小之典，隐现作者真正笔意所在：此是写柳，抑或写人？可能后者可能性更大。

卜算子·塞梦

塞草晚才青，日落箫笳动。恹恹凄凄入夜分，催度星前梦。　　小语绿杨烟，怯踏银河冻。行尽关山到白狼①，相见唯珍重。

注释

①白狼：即白狼河，今辽宁大凌河。

赏析

上阕"恹恹凄凄"，出自李清照《声声慢》之"寻寻觅觅，冷冷清清，凄凄惨惨戚戚"，"星前梦"或是借用汤显祖《牡丹亭·魂游》"生性独行无那，此夜星前一个"的句意。塞外天寒路远，即使是梦中，妻子又是怎么才找到他的呢？必定是走过万里关山，才得相见。结句语短情长，千言万语都在一句"珍重"之中。

卜算子·午日①

村静午鸡啼，绿暗新阴覆。一展轻帘出画墙，道是端阳酒。　　早晚夕阳蝉，又噪长堤柳。青鬓长青自古谁，弹指黄花九②。

①午日：五月初五日，端午节。民间在这一天有赛龙舟缅怀屈原的传统。②弹指黄花九：弹指之间，又到了重阳节。黄花，菊花；九，重九。

这首词上片写景，盛夏村中到处都静悄悄的，偶闻鸡鸣，愈有"蝉噪林愈静"之感。下片抒情，写光阴易逝，青春易老。全词以闹衬静，相互关联，心思独到。古典文学研究专家叶嘉莹主编、张秉戌执笔的《纳兰性德词新释辑评》中点评此词说："清新隽雅，犹如一幅风俗画。"

卷二

采桑子（彤霞久绝飞琼字）

彤霞久绝飞琼①字，人在谁边②？人在谁边？今夜玉清③眠不眠？　　香消被冷残灯灭，静数秋天。静数秋天，又误心期④到下弦。

注释

①琼：指仙女许飞琼，传说她是西王母的侍女。后泛指仙女。这里代指所思念的恋人。②人在谁边：人在哪里。③玉清：传说中的神仙。这里指所思念的恋人。④心期：心愿，愿望。

赏析

前有宋玉的《神女赋》，后有曹植的《洛神赋》，可见以神女之名代称所仰慕之女子，早有先例。作者此词也是托意仙女，用道家故事抒写一段爱慕情事，文笔回环，如仙境中的云雾缭绕，既显缥缈虚幻，又含深情厚意。

采桑子（谁翻乐府凄凉曲）

谁翻①乐府凄凉曲？风也萧萧，雨也萧萧。瘦②尽灯花又一宵。　　不知何事萦怀抱？醒也无聊，醉也无聊。梦也何曾到谢桥③。

注释

①翻：演奏。②瘦：憔悴。这里指彻夜看灯花燃尽，人逐渐憔悴。③谢桥：即谢娘桥。六朝时即有此桥。旧诗词中，常以谢桥代指与恋人欢会之地。

赏析

这是一首爱情词。纳兰性德所求，不是珠围翠绕，而是一个能相知相爱的人。黄天骥在《纳兰性德和他的词》中解读说："这词表现一种莫名其妙的心情，诗人在风雨中听到凄凉的曲调，不知怎的，变得坐立不安，寂寞、凄凉、失望、空虚的情绪，笼罩着他的心头。他患的是时代的忧郁症。"

采桑子（严宵拥絮频惊起）

严宵^①拥絮频惊起，扑面霜空。斜汉^②朦胧，冷逼毡帷火不红。　　香篝翠被浑闲事，回首西风。何处疏钟？一穟灯花似梦中。

注释

① 严宵：寒夜。② 斜汉：即银汉，天河。因银河秋冬时朝西南方向偏斜，故称斜汉。

赏析

这是一首写作者扈从塞外经历的词。寒夜之中"频惊起"，可见其时之冷。于是作者开始想起家中"香篝翠被"，以想象暂解眼前之冷。有说此词可能作于康熙十六年（1677年）卢氏死后不久，作者随康熙皇帝巡视塞外时。伤心加上严寒，更是由内而外，冷彻骨髓。

采桑子（冷香萦遍红桥梦）

冷香萦遍红桥梦^①，梦觉城笳。月上桃花，雨歇春寒燕子家。　　箜篌^②别后谁能鼓？肠断天涯。暗损韶华^③，一缕茶烟透碧纱。

注释

① 冷香萦遍红桥梦：冷香，清冷的花香；萦，环绕、弥漫；红桥梦，梦里的红桥。② 箜篌：一种拨弦乐器。③ 暗损韶华：美好的青春年华不知不觉流逝了。

赏析

这是一首感伤离别、怀念远方故人的词作。上片写梦中看见佳人所在之处的美景，未来得及倾诉相思，却被胡笳声打断。下片写别后思念。那人离去之后，再没有人能够弹奏箜篌了，青春年华就在相思中消耗掉了。张秉戍在《纳兰词笺注》中点评此词说："上景下情。景象的描绘由虚到实，虽未言愁而愁自见。抒情之笔又直中见曲，且再以景语绾住。其黯然伤神之情状极见言外了。"

采桑子·咏春雨

嫩烟①分染鹅儿柳②，一样风丝。似整如欹③，才著春寒瘦不支。　　凉侵晓梦轻蝉④腻，约略红肥。不惜葳蕤⑤，碾取名香作地衣。

注释

①嫩烟：蒙蒙春雨。②鹅儿柳：刚吐芽的柳枝，呈鹅黄色。③似整如欹（qī）：指柳枝风停静止，风吹倾斜。④轻蝉：即蝉鬓。代指闺中女子。⑤葳蕤（wēiruí）：草木茂盛的样子。

赏析

这首词以春雨、弱柳与闺中女子共同构建了一幅清新又略带愁绪的春日画卷。弱柳以其柔弱的姿态，在细雨中展现着生机与希望。而闺中女子身处深闺，想那春雨能滋润春光，但又可惜雨落花残，内心微怨。本词不仅展现了春雨之美，更写出了对美好事物的期待，以及对韶华易逝的无奈与感慨。

采桑子·塞上咏雪花

非关癖爱①轻模样，冷处偏佳。别有根芽，不是人间富贵花②。　　谢娘③别后谁能惜？飘泊天涯。寒月悲笳，万里西风瀚海④沙。

①癖爱：癖好；特别喜爱。②富贵花：指牡丹一类的花。③谢娘：即谢道韫（yùn），一代才女，有咏雪名句"未若柳絮因风起"。④瀚海：沙漠。

赏析

这是一首咏雪词，作于作者陪同康熙皇帝出巡塞外时。前人有咏雪、咏花，纳兰性德完全抛开了既有成规，不是咏雪，也不是咏花，而是咏"雪花"。他把雪花当作和牡丹、菊花一样的"花儿"来吟咏，形成了一种新奇的错位。读此词，可见纳兰才调高绝，天马行空，自由挥洒而独出机杼。

采桑子（桃花羞作无情死）

桃花羞作无情死，感激东风。吹落娇红，飞入闲窗伴懊侬①。　谁怜辛苦东阳②瘦？也为春慵③。不及芙蓉，一片幽情冷处浓。

注释

①懊侬：心中烦闷。这里指心中烦闷之人。②东阳：指沈约。因沈约曾做过东阳（今属浙江）守，人称沈东阳。据传，沈约病中急剧消瘦。《南史·沈约传》中，沈约与徐勉书云："百日数旬，革带常应移孔；以手握臂，率计月小半分。"③春慵：因春天的凋零而慵懒不已。

赏析

这首《采桑子》看上去只是一首伤春自怜的小令，其实另有内情。笺注家赵秀亭、冯统一在《饮水词笺校》中说明："康熙十一年（1672年），性德举顺天乡试，十二年（1673年）二月应礼部春闱，中式。三月方殿试，因病未与。词即缘此而作。"想纳兰当时年方19岁，去年刚通过乡试中了举人，今年等着参加皇帝主持的殿试。他做好了准备，正是踌躇满志之时，可惜一场病痛让他错过了人生中重要的考试。而下次殿试，要等上三年时间，难怪他要伤春、"懊侬"了。

采桑子（拨灯书尽红笺也）

拨灯书尽红笺[①]也，依旧无聊。玉漏[②]迢迢，梦里寒花[③]隔玉箫[④]。　　几竿修竹三更雨，叶叶萧萧。分付秋潮[⑤]，莫误双鱼[⑥]到谢桥。

注释

①红笺：精致的小张纸，多用于作画、题诗、写信。②玉漏：古代计时的漏壶。③寒花：指菊花。④玉箫：人名。传说唐代韦皋与姜家侍婢玉箫有情，结三生之盟。后韦归省，愆期不至，箫绝食而卒。后玉箫转世，终为韦侍妾。此处代指恋人。⑤秋潮：秋天的潮水。⑥双鱼：指书信。

赏析

红笺，就是信纸，这种信纸颇有来历。据说，成都浣花溪畔才女薛涛才惊世人，经常和当时的白居易、元稹、杜牧诗歌唱和。当时人们写诗，多是一张纸上写一首律诗或绝句，但当时纸张尺寸较大，浪费且不好看，于是薛涛便让造纸工匠特地改小尺寸，做成小笺，并将纸染成深红、粉红、明黄等十种颜色，人称"十样变笺"，一时间惹人争相效仿。十样变笺之中，薛涛独爱深红色，即"红笺"。全词连用若干典故，如"红笺""玉箫""秋潮""双鱼"，却毫无堆砌、雕琢之感，十分巧妙。

采桑子（凉生露气湘弦润）

凉生露气湘弦[①]润，暗滴花梢。帘影谁摇，燕蹴[②]风丝上柳条。　　舞鹍[③]镜匣开频掩，檀粉慵调。朝泪如潮，昨夜香衾觉梦遥。

①湘弦：湘灵所鼓之瑟，代指琴瑟。②蹴（cù）：追逐。③鹍（kūn）：似鹤的鸟。

赏析

这是一首爱情词。词上片说琴声低回，是庭院湿凉所致。下片写佳人不安、流泪，原来是因为思念梦中人。全词语言清新，描写细致，可见作者是个细心人。

采桑子（土花曾染湘娥黛）

土花曾染湘娥①黛，铅泪难消。清韵谁敲？不是犀椎②是凤翘③。　　只应长伴端溪紫④，割取秋潮。鹦鹉偷教，方响⑤前头见玉箫。

注释

①湘娥：湘妃。这里指湘妃竹，亦即斑竹。②犀椎：犀角制成的小槌。③凤翘：女子的首饰，状如凤。④端溪紫：端溪的紫砚。这里泛指纸笔。⑤方响：一种打击乐器。

赏析

这首词写的是一段隐秘恋情。首句写竹林幽会，次句写相见流泪。三四句写相见时候的情形：凤翘发出的声音令人难忘。下片写两人想要相守在一起，却不能够。于是只能偷偷教鹦鹉说话，希图传递消息。这是一首主题少见的小词，在众多纳兰爱情词中殊为别致。

采桑子（谢家庭院残更立）

谢家庭院①残更立，燕宿雕梁。月度银墙②，不辨花丛那③辨香。　　此情已自成追忆，零落鸳鸯。雨歇微凉，十一年前梦一场。

注释

①谢家庭院：恋人的居所，旧诗文中的"谢家"多指闺中女子居所。②银墙：白色的墙，亦可理解为月光下泛白的墙。③那：哪，怎么。

赏析

这首《采桑子》像是追忆，又像是悼亡，意向迷离，颇为难解。"谢家庭院残更立，燕宿雕梁"，似是写实景，也像是想象；"月度银墙，不辨花丛那辨香""此情已自成追忆""十一年前梦一场"，回忆的意味很明显，而且时间很具体，应是指十一年前的那件事。具体其事为何事，就无人得知了。

采桑子（而今才道当时错）

而今才道当时错，心绪凄迷。红泪偷垂，满眼春风百事非①。　　情知②此后来无计，强说欢期③。一别如斯，落尽梨花月又西。

注释

①非：不同。②情知：明明知道。③欢期：欢会之期。

赏析

古来诗词名句，灿若繁星，各有千秋。比如，李商隐的"沧海月明珠有泪，蓝田日暖玉生烟"，字、词所蕴含的典故，都有所出，但组合起来似乎又没有什么清晰的意思，大家感受到的是一种字句韵律之美、情景氛围之美，纳兰性德的一些词也类似。譬如本词，不加雕琢、平淡如话，读完之后却感受到余韵无穷，久久沉浸在其所营造的意象中。

采桑子（明月多情应笑我）

明月多情应笑我，笑我如今。孤负春心[1]，独自闲行独自吟。　　近来怕说当时事，结遍兰襟[2]。月浅灯深，梦里云归何处寻？

注释

① 春心：春景所引发的情怀。此指女子对词人的爱慕之情。
② 兰襟：芬芳的衣襟。比喻知心朋友。襟，连襟。

赏析

本词"明月多情应笑我"化用苏轼《念奴娇·赤壁怀古》中的"故国神游，多情应笑我，早生华发"。晏幾道《采桑子》中也有"莺花见尽当时事，应笑如今，一寸愁心"的句子。全词作者状似旷达，实际心中因情人离去倍感痛苦，可能兼有悼亡之意。

谒金门（风丝袅）

风丝袅，水浸碧天清晓[1]。一镜湿云青未了[2]，雨晴春草草[3]。　　梦里轻螺谁扫[4]？帘外落花红小。独睡起来情悄悄，寄愁何处好？

注释

① 清晓：清晨，拂晓。② 一镜湿云青未了：水中一片云，还有无边无际的青山。镜，这里指水面。③ 雨晴春草草：雨过天晴后的大好春色令人倍添伤春意绪。草草，心绪烦乱。④ 轻螺谁扫：谁扫轻螺。轻螺，淡眉。螺，女子画眉之墨。扫，描、画。

赏析

"谒金门"原是唐教坊曲名，后用为词牌名。本词以乐景写哀情，反差强烈，写法别致。如此表现伤春之哀，其哀更甚。

好事近（帘外五更风）

帘外五更风，消受^①晓寒时节。刚剩秋衾一半^②，拥透帘残月。　　争教^③清泪不成冰，好处便轻别。拟把伤离情绪，待晓寒重说。

注释

① 消受：忍受。② 刚剩秋衾一半：恰好剩了一半的被子，即一个人睡。秋衾，秋天盖的被子。③ 争教：怎教。

赏析

词中"秋衾"语出唐李贺《还自会稽歌》"台城应教人，秋衾梦铜辇"。天气寒冷，一个人盖着被子，忍不住想念以前的人。词上片写相思、回忆，下片写伤心、无奈。这首词或是卢氏去世一段时间后，作者悼念亡妻之作。

好事近（马首望青山）

马首望青山^①，零落繁华如此。再向断烟衰草，认藓碑^②题字。　　休寻折戟话当年，只洒悲秋泪。斜日十三陵^③下，过新丰猎骑^④。

注释

① 马首望青山：此为倒装句，当是"望马首青山"。意即顺着马首所向向前望去，是连绵的青山。② 藓碑：长满苔藓的石碑。③ 十三陵：明皇陵，在北京昌平。④ 新丰猎骑：新丰，在今陕西临潼，汉高祖刘邦曾迁家乡父老于此；猎骑，打猎的人乘坐的马，这里指打猎的人。

赏析

《清实录》记载，康熙十五年（1676 年）十月，"戊午……幸昌平，过前明十三陵。上一一躬亲酹酒。"故而此词或作于康熙十五年十月，其时作者扈驾到昌平。词中所说的十三陵，指的是北京市昌平天寿山一带之明皇陵，一共十三座陵，清代在那里设有围场。全词凭吊过往，感古今兴亡轮回之慨，词句刚柔并济，相得益彰。

好事近（何路向家园）

何路向家园？历历残山剩水。都把一春冷淡，到麦秋天气①。　　料应重发隔年花，莫问花前事。纵使东风依旧，怕红颜不似。

注释

①麦秋天气：即麦熟时节，农历四五月。

赏析

此是悼亡之作。作为一个感情细腻的富家公子，纳兰性德心中对爱情、婚姻的质量要求都很高，因此情投意合的卢氏去世后，他倍感哀伤，总也走不出来。另外，在创作上他主张词不但要抒写灵性，且当寓风人之旨（即言外之意），此篇有所体现。

一络索·长城

野火拂云微绿①，西风夜哭②。苍茫雁翅列秋空，忆写向、屏山曲③。　　山海几经翻覆，女墙④斜矗。看来费尽祖龙⑤心，毕章为、谁家筑。

注释

①野火拂云微绿：此句为倒装句，当是"微绿野火拂云"。野火，磷火，晚上特别显眼，呈绿色；拂云，遍地野火，连绵到天际，与云相接。②夜哭：指风吹时发出的呜呜声。③屏山曲：像屏山一样曲折。这里指长城。④女墙：矮墙。这里指长城。⑤祖龙：指秦始皇。

赏析

《史记·秦始皇本纪》记载："三十六年（前211年）……秋，使者从关东夜过华阴平舒道，有人持璧遮使者曰：'为吾遗滈池君。'因言曰：'今年祖龙死。'""祖龙"指的就是秦始皇。赵秀亭、冯统一《饮水词笺校》中点评此词说："上片一、三两句写日间所见，第二句写夜间所闻，故作交错，遂成迷离。前三句景致开阔无际，第四句忽又凝入小小屏山。伸缩驰策极灵动，时空变化全无挂碍，妥帖浑成，不着痕迹。"

一络索（过尽遥山如画）

过尽遥山如画，短衣①匹马。萧萧落木不胜秋，莫回首、斜阳下。　　别是柔肠萦挂②，待归才罢。却愁拥髻向灯前，说不尽、离人话。

注释

① 短衣：利落的装束。② 萦挂：牵挂。

赏析

这是一篇满含柔情的相思小词。词上片写征途之景，"过尽遥山如画，短衣匹马"。"尽"字说明行程远，"匹"字显出洒脱之意，又略显寂寞。下片则是从女子角度来写，体现女子对丈夫或者情人的牵挂。"却愁拥髻向灯前，说不尽、离人话"，意境与李商隐名句"何当共剪西窗烛，却话巴山夜雨时"相似。

一络索·雪

密洒征鞍无数，冥迷远树①。乱山重叠杳②难分，似五里、濛濛雾。　　惆怅琐窗深处，湿花轻絮。当时悠飏③得人怜，也都是、浓香助。

①冥迷远树：指在漫天飞雪中，远方的树木一片迷蒙。冥迷，迷蒙。②杳：幽暗。③悠飏（yáng）：雪花轻盈飞舞的样子。

赏析

此词上片写室外景色，其中"征鞍"二字，时常在诗词中得见。如唐杜审言《经行岚州》诗有"自惊牵远役，艰险促征鞍"之句，宋谢邁《蝶恋花》也有"留定征鞍君且住，人间岂有无愁处"之句。此词中之"征鞍"二字，指代作者和他的同伴们。此景此景，此时所思所想，都由"征鞍"而起。

清平乐（烟轻雨小）

烟轻雨小，望里青难了①。一缕断虹垂树杪②，又是乱山残照。　　凭高目断③征途，暮云千里平芜④。日夜河流东下，锦书应托双鱼。

注释

①望里青难了：青翠望不到头。②树杪（miǎo）：即树梢。③凭高目断：凭高，登到高处；目断，望断。④平芜：草木丛生的平旷原野。

赏析

前有李白的"西风残照，汉家陵阙"，后有纳兰性德的"乱山残照"，后者化用前者之意，有新意，又是一名句。

清平乐（青陵蝶梦）

青陵蝶梦①，倒挂怜么凤②。褪粉收香③情一种，栖傍玉钗偷共。　　憎憎镜阁④飞蛾，谁传锦字秋河？莲子依然隐雾，菱花偷惜横波⑤。

注释

①青陵蝶梦：典出《搜神记》：大夫韩凭娶妻美，宋康王夺之。凭怨王，自杀。妻腐其衣，与王登台，自投台下，左右揽之，着手化为蝶。②么凤：即虎皮鹦鹉，一般倒挂在架子上或树枝上。③褪粉收香：这里暗示男女的床第之欢。褪粉，蝴蝶交尾之后的动作；收香，麝发情之后的动作。④愔（yīn）愔镜阁：愔愔，幽深、悄寂；镜阁，即闺阁。⑤横波：女子顾盼的眼神。

赏析

这是一首表思念、悼亡的小词。词中"倒挂怜么凤"化自苏轼《西江月》"海仙时遣探芳丛，倒挂绿毛么凤"。苏轼注释说，惠州有一种珍禽，叫"倒挂子"，样子像鹦鹉，但个头比鹦鹉小一些。"青陵蝶梦""么凤"两个典故，都表示爱人亡故，隐喻去世的卢氏。下片写昔日回忆，相思欲说还休。全词典雅绮丽，情意深厚。

清平乐（将愁不去）

将愁①不去，秋色行难住。六曲屏山②深院宇，日日风风雨雨。　　雨晴篱菊初香，人言此日重阳③。回首凉云④暮叶，黄昏无限思量。

注释

①将愁：长久愁绪。将，长久。②六曲屏山：多个曲折的屏风。③重阳：重阳节。④凉云：阴凉的云彩。南朝齐谢朓《七夕赋》："朱光既夕，凉云始浮。"

赏析

这首词是作者重阳节感怀之作，与晏殊写的《清平乐》（金风细细）有相似之处。盛冬铃在《纳兰性德词选》中点评此词说："这阕《清平乐》写秋暮怀人之情，把秋风秋雨、凉云暮叶下的秋思同离愁糅合在一起，清隽有味，有不尽之致。"

清平乐（凄凄切切）

凄凄切切，惨淡黄花节。梦里砧声浑未歇①，那更乱蛩悲咽②。　尘生燕子空楼③，抛残弦索床头。一样晓风残月，而今触绪添愁。

注释

①砧声浑未歇：捣衣声似乎一直不断。砧声，捣衣声；浑，似乎。②那更乱蛩（qióng）悲咽：那更，更何况；蛩，这里指蟋蟀；悲咽，悲哀地鸣叫。③燕子空楼：燕子楼，在江苏徐州，为唐武宁军节度使张愔为爱妾关盼盼所建，因飞檐挑角，形如飞燕，且年年南来燕子栖息于此，故名。

赏析

词开篇用李清照《声声慢》（寻寻觅觅）词意，写清秋萧索，人孤单无着。砧声与蟋蟀声听着也让人难过。下片写"燕子楼"，借关盼盼之典故，暗指物是人非。"晓风残月"借用柳永《雨霖铃》词意，更添冷寂凄楚。

清平乐·忆梁汾

才听夜雨，便觉秋如许。绕砌蛩螀①人不语，有梦转愁无据②。　乱山千叠横江，忆君游倦③何方。知否小窗红烛，照人此夜凄凉。

注释

①蛩螀（jiāng）：蟋蟀和寒蝉。②无据：不可靠。③游倦：即倦游，为仕途奔波而身心俱疲。

赏析

好友梁汾（顾贞观，号梁汾）不在身边，作者心中有哀怨无处倾诉，于是越加思念友人。因此，词中有对友人的深切思念之情，但后来更多是表达作者的自哀情绪。

清平乐（塞鸿去矣）

塞鸿①去矣，锦字②何时寄？记得灯前偭忍泪，却问明朝行未③。　别来几度如珪④，飘零落叶成堆。一种晓寒残梦，凄凉毕竟因谁？

注释

① 塞鸿：边塞的大雁。这里比喻离家未归的人。② 锦字：情书。③ 行未：即行不行、走不走。④ 珪：通"圭"，本义是玉器。这里指月亮圆而复缺，即过了好几个月。

赏析

这是一首盼信思家之词。词中的"锦字"有典故。前秦秦州刺史窦滔被徙流沙，其妻苏氏想念他，织锦为回文旋图诗给窦滔，共840字，可循环阅读，词甚凄婉。后来人们就称书信为锦字或锦书。

清平乐（风鬟雨鬓）

风鬟雨鬓，偏是来无准。倦倚玉阑看月晕，容易语低香近①。　软风吹过窗纱，心期便隔天涯。从此伤春伤别，黄昏只对梨花。

注释

① 容易语低香近：容易，这里指时常；语低香近，因为悄声低语，靠得很近，所以对方身上的香气都清晰可闻。

赏析

这是一首爱情词，上阕写幽会，下阕写相思。王国维《人间词话》点评纳兰词说："纳兰容若以自然之眼观物，以自然之舌言情。此由初入中原未染汉人风气，故能真切如此。北宋以来，一人而已。"王国维此评，可谓深中肯綮。

清平乐·秋思

凉云万叶，断送清秋节①。寂寂绣屏香篆灭，暗里朱颜消歇②。　　谁怜照影吹笙，天涯芳草关情。懊恼隔帘幽梦，半床花月纵横③。

注释

①清秋节：清秋，明净爽朗的秋天；节，时节。一说指重阳节。②消歇：衰老，憔悴。③半床花月纵横：被子上绣的图案散乱不堪。这是人在特定环境下的主观感受。

赏析

词中"香篆"二字，点出了这篇秋思的具体情境——必是富贵人家。宋洪刍《香谱·香篆》记载："（香篆）镂木以为之，以范香尘为篆文，然于饮席或佛像前，往往有至二三尺径者。"（然，通"燃"）。又有关于百刻香的记载："近世尚奇者作香篆，其文准十二辰，分一百刻，凡然一昼夜乃已。"

清平乐·弹琴峡①题壁

泠泠彻夜，谁是知音者？如梦前朝何处也，一曲边愁难写。　　极天关塞云中，人随落雁西风。唤取红襟翠袖②，莫教泪洒英雄。

注释

①弹琴峡：在居庸关内，因水流石罅，声若弹琴。故名。②唤取红襟翠袖，莫教泪洒英雄：此句化用辛弃疾《水龙吟》词句："倩何人唤取，红巾翠袖，揾英雄泪。"红襟翠袖，即红巾翠袖，代指美女。

赏析

此篇为纳兰性德作为侍卫行役塞上之作。陆机《招隐》诗中有名句"山溜何泠泠，飞泉漱鸣玉"，刘长卿《听弹琴》诗里也有"泠泠"二字："泠泠七弦上，静听松风寒。古调虽自爱，今人多不弹。"作者将"泠泠"二字收入句中，既形容水声，又形容琴声，极为融洽。

清平乐·上元月蚀

瑶华①映阙，烘散蓂墀雪②。比似寻常清景别，第一团栾时节。　　影娥③忽泛初弦，分辉借与宫莲。七宝修成合璧，重轮④岁岁中天。

注释

①瑶华：本指美玉，这里指洁白的月光。②烘散蓂墀（míngchí）雪：月光将周围种满蓂英的台阶上的积雪融化了。蓂，即蓂英，传说中的一种瑞草。墀，台阶，亦指台阶上的空地。③影娥：影娥池，汉代未央宫中池。武帝开凿此池以赏月色，后以此指清澈鉴月的水池。④重轮：在特殊的条件下，太阳或月亮外围的一轮光圈。古人认为，重轮是吉兆。

赏析

词用白描手法记录了月蚀时景象。月入蚀时，莲花宫灯显出辉煌。月复圆时，清辉复照人间。词中的"蓂"在古代指一种瑞草。《竹书纪年》卷上记载说："有草夹阶而生，月朔始生一荚，月半而生十五荚；十六日以后，日落一荚，及晦而尽；月小，则一荚焦而不落。名曰蓂荚，一曰历荚。"相传尧帝可观蓂荚而知月。

忆秦娥·龙潭口①

山重叠，悬崖一线天疑裂。天疑裂②，断碑题字，古苔横啮③。　　风声雷动鸣金铁④，阴森潭底蛟龙窟。蛟龙窟，兴亡满眼，旧时明月。

注释

① 龙潭口：今吉林龙潭山。有"龙潭印月"胜景。此外，今山西盂山亦有"龙潭"，又称"黑龙池"。本篇所指当为二者之一。② 天疑裂：从谷底仰望，只见一线天，感觉似天幕裂开。③ 古苔横啮（niè）：仿佛古苔在噬啮着石碑。④ 风声雷动鸣金铁：指龙潭口狂风大作时，听上去似金铁交鸣。

赏析

全词慷慨苍凉，与其他纳兰词大不相同，有与李白《蜀道难》类似之感。所谓"龙潭口"，可能在吉林，也可能在山西。清代吉林府伊通州西南，即今吉林市东郊龙潭山，有"龙潭印月"之景。山西省盂县北之盂山也有"龙潭"，又叫"黑龙池"。作者曾经随康熙皇帝巡幸东北，也曾几度随扈赴山西五台山，因此两地皆有可能为吟咏之地。

忆秦娥（春深浅）

春深浅，一痕摇漾青如剪①。青如剪，鹭鸶立处，烟芜② 平远。　　吹开吹谢东风倦，缃桃③ 自惜红颜变。红颜变，兔葵燕麦④，重来相见。

注释

① 一痕摇漾青如剪：河岸边青绿色的涨痕整齐如剪。② 芜：乱草丛生的地方。③ 缃桃：缃核桃。这里指缃桃所开的花。④ 兔葵燕麦：形容一片荒凉的景象。刘禹锡《再游玄都观绝句》引写道："重游玄都，荡然无复一树，唯兔葵燕麦，动摇于春风耳。"

赏析

词中用了刘禹锡之典。刘禹锡性格耿直，虽然多次被贬，但仍不减斗志傲骨，为后人称颂。纳兰性德少年得志，世家公子，没有刘禹锡的铮铮锋芒，却写出另外一种意境，耐人寻味。

忆秦娥（长飘泊）

长飘泊，多愁多病心情恶。心情恶，模糊一片，强分哀乐。　　拟将欢笑排离索①，镜中无奈颜非昨。颜非昨，才华尚浅，因何福薄？

注释

① 离索：萧索，落寞。

赏析

这是一首作者自叹曲。"多愁多病"之身，经常离家在外，种种不如意事，强颜欢笑，但年华易逝，终究只能自叹福薄了。

阮郎归（斜风细雨正霏霏）

斜风细雨正霏霏①，画帘拖地垂。屏山几曲篆烟微②，闲庭柳絮飞。　　新绿密，乱红稀。乳莺残日③啼。春寒欲透缕金衣，落花郎未归。

注释

① 霏霏：这里指风雨连绵不止。② 屏山几曲篆烟微：屏风上的山蜿蜒曲折，山势在远处越发微茫。篆烟，焚香之烟盘曲如篆字，故名。③ 残日：夕阳。

赏析

"阮郎归"又名"醉桃源""碧桃春"。《神仙记》载，刘晨、阮肇到天台山采药，遇到两位仙女，被仙女挽留，在那里住了半年，其间十分想家。终于回家之后，家乡已经村庄凋敝，原来已经过了十世。"阮郎归"曲名即源于此。纳兰性德此首小词一句一景，清新雅致，景景关情，略带伤感，颇得"花间词"精髓。

画堂春（一生一代一双人）

一生一代一双人①，争教②两处销魂。相思相望不相亲，天为谁春？　　浆向蓝桥易乞③，药成碧海难奔④。若容相访饮牛津⑤，相对忘贫。

注释

①一生一代一双人：典出骆宾王《代女道士王灵妃赠道士李荣》"相怜相念倍相亲，一生一代一双人"。②争教：怎教，为什么使。③浆向蓝桥易乞：典出《太平广记》卷十五引裴铏《传奇·裴航》。裴航从鄂渚回京途中，与樊夫人同舟，裴航赠诗致情意，后樊夫人答诗云："一饮琼浆百感生，玄霜捣尽见云英。蓝桥便是神仙窟，何必崎岖上玉清。"后裴航于蓝桥驿因求水喝，得遇云英，裴航向其母求婚，其母曰："君约取此女者，得玉杵臼，吾当与之也。"后来，裴航终于寻得玉杵臼，抱得佳人归。蓝桥，在陕西蓝田。④药成碧海难奔：典出《淮南子·览冥训》："羿请不死之药于西王母，姮娥窃之，奔月宫。"⑤饮牛津：典出张华《博物志》："旧说云天河与海通，近世有人居海渚者，年年八月，有浮槎去来，不失期。人有奇志，立飞阁于槎上，多赍粮，乘槎而去……至一处，有城郭状，屋舍甚严，遥望宫中多织妇，见一丈夫牵牛渚次饮之，……问此是何处，答曰：'君还至蜀郡访严君平则知之。'"

赏析

这首词是纳兰爱情词的代表作之一。词的上片化用成句，写相爱的一双人被拆散。下片借古老传说，写相思之苦。全词引经据典，诠释了一段真挚动人的爱情。赵秀亭、冯统一《饮水词笺校》点评说：此阕写恋人在天，欲访而无由。

眼儿媚（独倚春寒掩夕霏）

独倚春寒掩夕霏，清露泣铢衣①。玉箫吹梦，金钗画影，悔不同携。　刻残红烛②曾相待，旧事总依稀。料应遗恨，月中教去，花底催归。

注释

①铢衣：极薄的衣衫，仅数铢重。铢，古代的重量单位。
②刻残红烛：古人在蜡烛上刻有印记，点燃后可以计算时间。

赏析

这首词仍为作者怀念妻子卢氏之词。词中"玉箫吹梦，金钗画影""月中教去，花底催归"，或为梦中所梦，或为曾经发生，虚实结合，尽为抒写对亡妻的思念之情。

眼儿媚（重见星娥碧海槎）

重见星娥碧海槎①，忍笑却盘鸦②。寻常多少，月明风细，今夜偏佳。　休笼彩笔闲书字，街鼓已三挝③。烟丝欲袅，露光微泫，春在桃花。

注释

①星娥碧海槎：星娥，即织女；碧海，银河；槎，即木筏子。②盘鸦：古时女子的一种发式名，此处代指女子梳头。③挝（zhuā）：敲打。

赏析

星娥是指神话传说中的织女。唐李商隐《圣女祠》有"星娥一去后，月姊更来无"之句。这首词是写长久分别之后，夫妻终于重聚，彼此相看更胜往昔。虽然妻子装作平常地梳头发，但是笑意还是忍不住溢了出来。

眼儿媚·咏梅

莫把琼花比淡妆①，谁似白霓裳②。别样清幽，自然标格③，莫近东墙④。　　冰肌玉骨⑤天分付，兼付与凄凉。可怜遥夜，冷烟和月，疏影横窗。

注释

①淡妆：这里指梅花。②白霓裳：本义是白色的衣裳，这里指白梅。霓裳，即以霓为裳，是传说中的神仙的服饰。③标格：风韵，气度。④莫近东墙：梅花的清瘦让人不忍细看。化用程垓《眼儿媚·咏梅》"一枝烟雨瘦东墙，真个断人肠"。⑤冰肌玉骨：本是形容女子体态的清丽脱俗。这里指梅花。

赏析

词中没有"梅"字，却句句都在写梅。词中所化用前人的词句，浑然一体，自成意境。

朝中措（蜀弦秦柱不关情）

蜀弦秦柱不关情①，尽日掩云屏。已惜轻翎②褪粉，更嫌弱絮为萍③。　　东风多事，余寒吹散，烘暖微醒④。看尽一帘红雨⑤，为谁亲系花铃⑥？

注释

①蜀弦秦柱不关情：意即悦耳的音乐已不能打动我。蜀弦秦柱，蜀地和秦中的琴，旧时认为这两个地方的琴音质最好；关情，动情。②轻翎（líng）：即蝴蝶。③弱絮为萍：认为浮萍乃柳絮飘落水面所化。④醒（chéng）：喝醉酒。⑤红雨：落花。⑥花铃：为护花而系在花上用以惊吓鸟雀的铃铛。

赏析

"朝中措"是宋以前旧曲名，又名"照江梅""芙蓉曲"。这是一首暮春伤情之词。词中"看尽一帘红雨",借李贺《将进酒》诗"桃花乱落红如雨"以及史肃《杂诗》"一帘红雨枕书眠"可解。整首词在写法上景情相融,结句留白,如同国画手笔。

摊破浣溪沙（林下荒苔道韫家）

林下荒苔道韫①家,生怜玉骨委尘沙②。愁向风前无处说,数归鸦。 半世浮萍随逝水③,一宵冷雨葬名花。魂似柳绵吹欲碎,绕天涯。

注释

①道韫:即东晋才女谢道韫。②生怜玉骨委尘沙:生,副词,很;玉骨委尘沙,美人被埋入土中。③半世浮萍随逝水:半世,半生,纳兰妻卢氏去世时还很年轻;浮萍随逝水,像浮萍一样随流水远去。

赏析

起句为何提起谢道韫?应与一则典故有关。据说,有一天谢家众人在庭院赏雪,谢安忽然问:"这雪花像什么?"谢安哥哥的儿子谢朗答:"像天上撒的盐。"众人大笑,谢安侄女谢道韫则答道:"不如比作'柳絮因风起'更佳。"据此故事,又结合后文"柳绵"句,可知纳兰性德此词是因柳絮而作。

摊破浣溪沙（风絮飘残已化萍）

风絮飘残已化萍,泥莲刚倩藕丝萦①。珍重别拈香一瓣②,记前生。 人到情多情转薄,而今真个悔多情。又到断肠回首处,泪偷零。

注释

①泥莲刚倩藕丝萦:泥莲,泥塘中的莲花;倩,请;萦,缠绕。②别拈香一瓣:分别时手拈一瓣香。

这是一首悼亡词。词中所谓"泥莲",即泥中莲花。唐诗里有"泥莲既没移栽分,今日分离莫恨人"的句子。另外明末诗人王彦泓诗集就叫《泥莲集》,纳兰经常化用其成句。"香一瓣"句,是指梅花还是其他?结合"前生"句,或为祈求用香,即瓣香。瓣香为檀香木劈成小瓣做成,极为珍贵,后来被作为香的泛称。下片"悔多情"之语,应是反话,更见情深。

摊破浣溪沙（欲语心情梦已阑）

欲语心情梦已阑①,镜中依约见春山②。方悔从前真草草,等闲看。 环佩只应归月下③,钿钗何意寄人间。多少滴残红蜡泪,几时干?

①梦已阑:梦已醒。阑,阑珊、将尽。②春山:青山,比喻女子的眉毛。冯延巳《鹊踏枝》有"低语前欢频转面,双眉敛恨春山远"。③环佩只应归月下:此句化用杜甫《咏怀古迹》"环佩空归夜月魂"。

这是一首悼亡词。上片"欲语心情梦已阑"化自辛弃疾《南乡子》的"别后两眉尖。欲说还休梦已阑",辛词也是记梦,也是没来得及说话,人便醒了。作者梦醒后,睹物思人,埋怨勾起他思绪的那些钿钗环佩。辛弃疾埋怨的则是"不管人愁独自圆"的月亮。辛词以"翠袖"指代思念之人,纳兰性德则用"春山"指代思念之人。汉刘歆《西京杂记》写道:"(卓文君)眉色如望远山。""远山""春山"指女子眉毛,进而代指女子。

摊破浣溪沙（小立红桥柳半垂）

小立红桥柳半垂，越罗裙飏缕金衣①。采得石榴双叶子，欲贻谁？　便②是有情当落日，只应无伴送斜晖。寄语东风休著力③，不禁吹。

注释

①越罗裙飏缕金衣：越罗，越地出产的丝绸；缕，绣。②便：即便。③著力：用力。

赏析

越罗这种丝绸以华美精致著称，此处不一定为实指，而是华美衣着的代称。缕金衣，即金缕衣，是绣有金丝的衣服，唐诗中有名句"劝君莫惜金缕衣，劝君惜取少年时"。这首词正是用"花间词"笔法，又褪去一般花间词的艳俗，以清新之语描摹美貌少女情态，表达青春如春光一般短暂易逝，要"惜取少年时"之意。

摊破浣溪沙（一霎灯前醉不醒）

一霎灯前醉不醒，恨如春梦畏分明①。淡月淡云窗外雨，一声声。　人到情多情转薄，而今真个不多情。又听鹧鸪啼遍了，短长亭。

注释

①恨如春梦畏分明：此处化用苏东坡《正月二十日与潘郭二生出郊寻春忽记去年是日同至女王城作诗乃和前韵》"人似秋鸿来有信，事如春梦了无痕"。

赏析

纳兰词中"浣溪沙"篇目不少，此词牌音节明快，作者写来颇为顺手。词上片"一霎灯前醉不醒，恨如春梦畏分明"，写作者欲用醉酒逃避现实痛苦，可是抬头望向窗外，"淡月淡云窗外雨"，还是觉得云和月也要落泪的样子，可见内心之悲痛。下片感慨，说多情可能反而不那么痛苦，可是现在自己是"真个不多情"，心酸之情溢于言表。

摊破浣溪沙（昨夜浓香分外宜）

昨夜浓香分外宜，天将妍暖①护双栖。桦烛影微红玉软②，燕钗垂。　　几为愁多翻自笑，那逢欢极却含啼。央及莲花清漏滴③，莫相催。

注释

①妍暖：晴朗暖和。②桦烛影微红玉软：指夜深人静，烛火熄灭，美人将睡。红玉，指美人；软，恹恹欲睡。③央及莲花清漏滴：央及，央求；清，清永、宁静。

赏析

这是词人追忆与爱人欢度良宵的一首词。上片写两人相见，十分欣喜。桦烛，是用桦树皮卷成的蜡，十分华丽。红玉，指的是所爱之女子。《西京杂记》记载，赵飞燕姐妹"色如红玉"，后便以"红玉"指美貌女子。下片写不忍分离，悲喜交集。全词语句秾丽，温馨情切。

青衫湿·悼亡

近来无限伤心事，谁与话长更？从教分付①，绿窗红泪，早雁初莺。　　当时领略，而今断送，总负多情。忽疑君到，漆灯风飐②，痴数春星。

注释

①从教分付：一概听任安排。②风飐：风吹。飐，摇动。

赏析

这首词是作者怀念亡妻卢氏之作。词中写春日景象，所以有注家认为此词为作者在卢氏死后第二年,即康熙十七年(1678 年)春所作。词中之"红泪"凄婉悲凉,典出东晋王嘉《拾遗记》:"魏文帝爱美人,姓薛名灵芸,常山人也……灵芸闻别父母,歔欷累日,泪下沾衣。至升车就路之时,以玉唾壶承泪,壶则红色。既发常山,及至京师,壶中泪凝如血。"

落花时(夕阳谁唤下楼梯)

夕阳谁唤下楼梯,一握香荑①。回头忍笑阶前立,总②无语、也相宜。　　相思直恁③无凭据,休说相思。劝伊好向红窗醉,须莫及、落花时。

注释

①香荑(tí):白嫩的手。荑,草木初生的嫩芽。《诗经·卫风·硕人》有"手如柔荑,肤如凝脂"。②总:纵,纵然。③直恁:竟然如此。

赏析

这首《落花时》写恋人见面,笔触细致入微。词中男女两情相悦,缠绵难分,眉目间见深情而不露轻薄,雅致温润。词有北宋小令遗风,如月照清荷,婉约清新,不流于俗。纳兰词与市井词之分野,由此可见。

锦堂春·秋海棠

帘外淡烟一缕,墙阴几簇低花。夜来微雨西风里,无力任敧斜。　　仿佛个人①睡起,晕红不著铅华。天寒翠袖②添凄楚,愁近欲栖鸦③。

注释

①个人:那个人。②天寒翠袖:此处化用杜甫《佳人》"天寒翠袖薄,日暮倚修竹"。③欲栖鸦:乌鸦将还巢的时候,即黄昏。

词上片写秋海棠色泽形貌及其境遇：风雨交加之下，没精打采。下片不同于通常的将花比人，而是反过来以人写花，别致。

海棠春（落红片片浑如雾）

落红片片浑如①雾，不教更觅桃源路②。香径晚风寒，月在花飞处。　蔷薇影暗空凝伫③，任碧飐④轻衫萦住。惊起早栖鸦，飞过秋千去。

注释

①浑如：仿佛。浑，全、满。②桃源路：通往桃花源的路。③凝伫：伫立凝望。④碧飐（zhǎn）：指摇曳的花枝。

赏析

词中"落花片片浑如雾，不教更觅桃源路"之意蕴，与秦观"雾失楼台，月迷津渡，桃源望断无寻处"之句类似，想是作者化用秦观之句。不同的是，秦观词写"桃源"为虚笔，是作者的内心想象，现实中并无桃源，实笔写的是作者内心失望之情。纳兰性德词则相反，其时落花满径，"桃源路"是实指，兼有言外之意。

河渎神（风紧雁行高）

风紧雁行高，无边落木萧萧①。楚天魂梦与香销②，青山暮暮朝朝。　断续凉云来一缕，飘堕几丝灵雨。今夜冷红浦溆③，鸳鸯栖向何处？

注释

①无边落木萧萧：此句化用杜甫《登高》"无边落木萧萧下，不尽长江滚滚来"。②楚天魂梦与香销：楚天魂梦，指楚王梦神女之事；香，美人。③冷红浦溆：冷红，轻寒时节的花；浦溆，水滨。

赏析

上片先写景，以"风紧雁行高""落木萧萧"营造凄清氛围。"楚天魂梦与香销，青山暮暮朝朝"，暗用"巫山云雨"之典，写情爱都是短暂易逝的，只有青山永存。下片抒情，用"凉云""灵雨"等意象迅速将目光拉远，倍感人之渺小，紧接着"鸳鸯栖向何处"写不知身归何处。全词并未直抒胸臆，都是模糊侧写，用语克制，像是写他人，又像是写自己，也许兼而有之。

河渎神（凉月转雕阑）

凉月转雕阑①，萧萧木叶声干②。银灯飘箔③琐窗间，枕屏④几叠秋山。　　朔风吹透青缣被⑤，药炉火暖初沸。清漏沉沉无寐，为伊判⑥得憔悴。

注释

①凉月转雕阑：月亮照在雕花的栏杆上。雕阑，即雕栏。②萧萧木叶声干：此句化用柳永《倾杯乐》词句"空阶下，木叶飘零，飒飒声干"。干，清脆。③箔：灯上装饰的珠串。④枕屏：枕前的屏风。⑤青缣（jiān）被：细绢缝制的青色被子。⑥判：通"拼"，不顾惜，甘愿。

赏析

这首词大部分内容都在写景，"凉月""萧萧木叶""银灯飘箔""朔风"等等，都是见景见物不见人。直到最后，其人才现身："清漏沉沉无寐，为伊判得憔悴。"原来作者百转千回，都是为此。结句即高潮，不加赘述，戛然而止，更撼人心。

太常引·自题小照①

西风乍起峭寒②生，惊雁避移营③。千里暮云平，休回首、长亭短亭。　　无穷山色，无边往事，一例④冷清清。

试倩玉箫声，唤千古，英雄梦醒。

注释

①自题小照：题于自己的画像上。小，这里是谦辞。②峭寒：料峭的寒意，一般指春天的微寒。这里指秋寒。③避移营：避寒而转移营地。④一例：一律。

赏析

此篇词名为《自题小照》，实是作者内心自述。"惊雁"应为作者自比，"千里暮云平"应出自王维《观猎》。作者看小照，或许忍不住想到此照以后如何？后人看此照，会想到他一生的功名利禄吗？思前想后，思绪万千，但终究都不过是千古一梦而已。

太常引（晚来风起撼花铃）

晚来风起撼花铃，人在碧山亭。愁里不堪听①，那更②杂、泉声雨声。　　无凭踪迹③，无聊心绪，谁说与多情。梦也不分明，又何必，催教④梦醒。

注释

①不堪听：不忍听。②那更：何况还。那，指何况。③无凭踪迹：没有根据的踪迹。这里指飘忽的风声、泉声、雨声。④教：使。

赏析

赵秀亭在《纳兰丛话》（续）中写道："性德《太常引》：'晚来风起撼花铃，人在碧山亭。愁里不堪听，那更杂泉声雨声。'既有护花铃，必非荒野旅途之作；而山亭鸣泉，亦非相府可有，惟京郊西山别墅方可当之……余撰《纳兰性德年谱（谱首）》曾云渌水亭有二：一为亭阁名，在明珠府中；一为别墅名，在玉泉山。此词或可做一佐证。以'亭'称别墅亦常见，苏州沧浪亭即一例。"关于玉泉山，相传位于颐和园外五六里处，是西山东麓支脉。元明以来，玉泉山为皇帝游幸避暑之地。康熙皇帝时对其处原有行宫、寺庙都进行了翻建。

四犯令（麦浪翻晴风飐柳）

麦浪翻晴风飐柳①，已过伤春候。因甚为他成僝僽②？毕竟是春迤逗③。　　红药④阑边携素手，暖语⑤浓于酒。盼到园花铺似绣，却更比春前瘦。

注释

①麦浪翻晴风飐（zhǎn）柳：麦苗在晴天里起伏，柳条在风中摇曳。②僝僽（chánzhòu）：忧愁，烦恼。③迤逗（yǐdòu）：挑逗，引诱。④红药：芍药花。⑤暖语：缠绵的情话。

赏析

首句"麦浪翻晴风飐柳"，似乎作者心情不错。接着"已过伤春候"，进一步确认，不是伤春悲秋的时节了。不过，"因甚"二字点出作者困惑：风景也好，气候也好，为什么还"成僝僽"呢？原来是内心在思念一个人。虽然是平常题材的情思小令，但作者于方寸之间别出心裁，果然不愧"清初第一词人"。

添字采桑子（闲愁似与斜阳约）

闲愁似与斜阳约，红点①苍苔，蛱蝶飞回②。又是梧桐新绿影，上阶来。　　天涯望处音尘断，花谢花开，懊恼离怀。空③压钿筐金缕绣，合欢鞋。

注释

①红点：即下文的蛱蝶。②飞回：来来去去地飞。③空：徒然地，白白地。

赏析

"采桑子"又名"丑奴儿"。"添字采桑子"也作"添字丑奴儿"。添字，即在"采桑子"原调上下片的第四句各添入二字，由原来的七字句，变为四字、五字两句。增加字数后，音节和乐句也发生相应变化。此词细腻婉约，化情为景，淡然动人。

荷叶杯（帘卷落花如雪）

帘卷落花如雪，烟月。谁在小红亭？玉钗敲竹乍闻声，风影①略分明。　　化作彩云飞去，何处？不隔枕函②边。一声将息③晓寒天，肠断又今年。

注释

①风影：人在风中飘动的影子。这里指恋人的身影。②枕函：中空的枕头。③将息：本义是调养、保养。这里指劝人保重。

赏析

这首词可能是作者为卢氏所写。全词韵致优美，意境翩然，反复诵读，倍感诗词之美。

荷叶杯（知己一人谁是）

知己一人谁是？已矣①。赢得误他生。有情终古似无情，别语悔分明。　　莫道芳时②易度，朝暮。珍重好花天③。为伊指点再来缘④，疏雨洗遗钿。

注释

①已矣：算了吧。②芳时：大好年华。③好花天：大好年华。④再来缘：来世的缘分。

赏析

这是一首怀念亡妻的词。开头即先声夺人：知己已矣。之后所写都是伤痛悔恨。全词凄婉伤情，哀怨动人。

寻芳草·萧寺记梦

客夜①怎生过？梦相伴、绮窗②吟和。薄嗔③佯笑道，若不是恁凄凉，肯来么？　　来去苦匆匆，准拟④待、晓钟敲破。乍⑤偎人、一闪灯花堕，却对着、琉璃火⑥。

注释

①客夜：客居异地的夜晚。②绮窗：饰有彩色雕画之窗，代指闺人、思妇。③薄嗔（chēn）：淡淡的生气。这里是假装生气。④准拟：打算。⑤乍：刚。⑥琉璃火：琉璃灯。

赏析

纳兰妻子卢氏产后病亡，灵柩在双林禅院停了一年零一个月。其间，纳兰多次到寺院夜宿守灵。本词为"萧寺记梦"，应为作者禅院守灵之作。词中所述人物景象影影绰绰，朦胧不清，似有还无，颇有"聊斋"意味。

菊花新·送张见阳令江华

愁绝①行人天易暮，行向鹧鸪声里住②。渺渺洞庭波，木叶下，楚天何处？　　折残杨柳应无数，趁离亭③笛声催度。有几个征鸿④，相伴也，送君南去。

注释

①愁绝：极度忧愁。②行向鹧鸪声里住：在鹧鸪叫的地方停下来，这里指江华。鹧鸪，南方的一种鸟，其叫声似"行不得也哥哥"。③离亭：古时候送别的地方。④征鸿：远飞的雁。

赏析

这是一首送别友人的小词。通常送别，多从惜别讲起，但此词直接描写旅途中的景象，如同亲见：身虽不能同往，但心与友人随行。到了真正送别的时候，又请"征鸿"伴友南下，对友人的情谊不可谓不深厚。

南歌子（翠袖凝寒薄）

翠袖凝寒薄①，帘衣②入夜空。病容扶起月明中，惹得一丝残篆③，旧熏笼。　　暗觉欢期过，遥知别恨同。疏花已是不禁风，那更夜深清露，湿愁红④。

【注释】

①翠袖凝寒薄：在严寒的夜里，衣衫单薄。凝寒，严寒。②帘衣：帘幕，代指女子的闺房。③残篆：即将燃尽的熏香。④愁红：将要凋谢的花。

【赏析】

"南歌子"又名"春宵曲""水晶帘""碧窗梦""十爱词""南柯子""望秦川""风蝶令"等，原为唐教坊曲，后用作词牌名。"南歌子"分单、双调，本篇为双调，上、下片各五句，共五十二字。此词写离恨相思，情调凄婉，如清初诗人陈维崧所评：哀感顽艳，得南唐二主之遗。

南歌子（暖护樱桃蕊）

暖护樱桃蕊，寒翻蛱蝶翎①。东风吹绿渐冥冥，不信一生憔悴，伴啼莺。　　素影②飘残月，香丝③拂绮棂④。百花迢递⑤玉钗声，索向绿窗⑥寻梦，寄余生。

【注释】

①翎：鸟翅膀、尾巴上的长羽毛，泛指鸟的羽毛。②素影：月影。③香丝：柳条，或者美人的发丝。④绮棂：有花纹的窗棂。⑤迢递：连续不断。⑥绿窗：绿纱窗。指代恬静女子的居室，常与红楼相对。

此词为作者观春光有感而发。张秉戌在《纳兰性德词新释辑评》中点评说:"皆以景起,皆寓有春愁和隐忧。"当代学者朱庸斋《分春馆词话》点评说:"先写'暖''寒'之于物的感受不同,写出春天之特征。'冥冥',暗示春去无踪。过片后写梦醒情景,末句作尽语,然已非欧、晏之法矣。"

南歌子·古戍

古戍饥乌集,荒城野雉飞。何年劫火①剩残灰,试看英雄碧血,满龙堆②。　　玉帐③空分垒,金笳已罢吹。东风回首尽成非,不道兴亡命也④,岂人为。

注释

① 劫火:兵火。② 龙堆:新疆境内的一处沙漠。这里指边塞。③ 玉帐:主帅的军帐。④ 兴亡命也:典出《国语·晋语》:"国之存亡,天命也。"

赏析

这是一篇凭吊古战场的词。词中的"玉帐",指主帅所居之处,意思是"如玉之坚"。《焦氏笔乘续集·玉帐》中说:"玉帐乃兵家压胜之方位,主将于其方置军帐,则坚不可犯,如玉帐然。其法,出于《黄帝遁甲》,以月建前三位取之,如正月建寅,则巳为玉帐。"词有唐代边塞诗的慷慨悲凉之意,但最终落点是"兴亡命也",显现作者的悲观情绪。

秋千索（药阑携手销魂侣）

药阑携手销魂侣,争不记、看承人处①。除向东风诉此情,奈竟日、春无语。　　悠扬扑尽风前絮,又百五②、韶光难住。满地梨花似去年,却多了、廉纤雨③。

①争不记、看承人处：争不记，怎不记；看承，另眼相看、看中。②百五：即寒食当天。这一天距上一次冬至，刚好过了一百零五天。③廉纤雨：蒙蒙细雨。

赏析

这是一首怀人词，所怀之人不可考。词上片写孤寂伤感，往日欢会成追忆。其中，药阑即药栏，指庭园中芍药花的围栏，也泛指花栏。下片写景，柳絮、梨花依然，但当年的人却不见了，无限惆怅。尾以"却多了、廉纤雨"作结，纤雨关情，平添幽韵。

秋千索（游丝断续东风弱）

游丝①断续东风弱，悄无语、半垂帘幕。红袖②谁招曲槛边？飏一缕、秋千索。　　惜花人共残春薄③，春欲尽、纤腰如削。新月才堪照独愁，却又照、梨花落。

注释

①游丝：飘荡的蛛丝。②红袖：指穿红衣服的女子。③薄：指凄凉。

赏析

全词点睛之笔，在"却又照、梨花落"。一个"又"字，说明此前作者曾目睹梨花落，但是当时情境，伊人犹在。如今再看，新月又照梨花，却已不见伊人。作者创作此词，也是因梨花而有所感。

秋千索·渌水亭春望

垆边换酒双鬟亚①，春已到、卖花帘下。一道香尘碎绿蘋，看白袷②、亲调马。　　烟丝宛宛愁萦挂，剩几笔、晚晴图画。半枕芙蕖压浪眠，教费尽、莺儿话③。

[注释]

①双鬟亚：双鬟，指女子头上两环形的发髻；亚，通"压"。
②白袷（jiá）：白夹衣，普通人的装束。③教费尽、莺儿话：此句
为倒装，当是"教莺儿、费尽话"，意即黄莺不住地鸣叫。

[赏析]

纳兰府中的渌水亭，在纳兰性德的词作中多次被吟咏。此词
从"春""望"两字着笔，行文清新，基调轻快，即使是轻微的愁
绪也带着一抹明朗之色。

忆江南·宿双林禅院有感

心灰尽①，有发未全僧。风雨消磨②生死别，似曾相识只
孤檠③。情在不能醒。　　摇落④后，清吹⑤那堪听。淅沥⑥
暗飘金井叶，乍闻风定又钟声。薄福荐⑦倾城。

[注释]

①心灰尽：心尽灰。心，即心字香。②消磨：消遣，打发时光。
③孤檠（qíng）：灯架。这里指灯。④摇落：飘落。⑤清吹：清风。
⑥淅沥：雨落的声音。⑦荐：本义是古代祭祀的祭品。这里做动词，
用祭品祭拜的意思；进献，献给。

[赏析]

这是作者怀念亡妻之作。卢氏灵柩暂厝于双林寺禅院一年多，
康熙十七年（1678年）七月才葬于皂荚屯纳兰氏祖坟。因此，双
林寺在纳兰词中频频出现，如《寻芳草·萧寺记梦》《青衫湿·悼
亡》等。

忆江南（挑灯坐）

挑灯坐，坐久忆年时①。薄雾笼花娇欲泣，夜深微月②下
杨枝。催道太眠迟。　　憔悴去，此恨有谁知？天上人间俱

怅望，经声佛火③两凄迷。未梦已先疑④。

注释

①年时：一年来的光景。②微月：新月。农历月初的月亮。
③佛火：指寺院内的香烛。④疑：迷离。

赏析

这首词有"经声佛火"之语，应与《忆江南·宿双林禅院有感》同作于双林禅院。作者挑灯坐在寺中僧房，但并未参悟佛事，而是在怀念人间情爱，感伤与卢氏夫妻分离。因为太过伤心，以至于神思迷离，仿佛已经置身梦幻中，于是有"未梦已先疑"之语。

浪淘沙（红影湿幽窗）

红影湿幽窗，瘦尽春光①。雨余②花外却斜阳。谁见薄衫低髻子？还惹思量。　　莫道不凄凉，早近持觞。暗思何事断人肠？曾是向他春梦里，瞥遇回廊。

注释

①瘦尽春光：春光将尽。②雨余：雨后。

赏析

这首词写的是少女在暮春雨后思恋情郎。其中"瘦"字极具神韵，贴切描绘了雨后花叶都被打湿的情形。雨停了，太阳出来了，少女沉思。她是谁？有人根据"持觞"二字，联想辛弃疾《蝶恋花·席上赠杨济翁侍儿》"劝客持觞浑未惯，未歌先觉花枝颤"之句，判断少女是一位侍女。不过，侍女是否有此闲情呢？有认为主人公为纳兰性德本人的可能性更大。此词或是作者以少女之口吻，写自己之相思。

浪淘沙（眉谱待全删）

眉谱待全删，别画秋山^①，朝云渐入有无间。莫笑生涯浑似梦，好梦原难。　　红咮^②啄花残，独自凭阑，月斜风起祫衣单。消受春风都一例，若个^③偏寒？

注释

①秋山：这里代指女子的眉毛。②咮（zhòu）：鸟嘴。③若个：哪个，哪里。

赏析

所谓"眉谱"，是说古代女子描眉的式样谱。唐明皇曾令画工画过"十眉图"：一为鸳鸯眉，又名八字眉；二为小山眉，又名远山眉；三为五岳眉；四为三峰眉；五为垂珠眉，六为月棱眉，又名却月眉；七为分梢眉；八为逐烟眉；九为拂云眉，又名横烟眉；十为倒晕眉。此词中女子抛却眉谱，想要画一种新式样的眉毛，其性格跃然笔端。陈廷焯《云韶集》中点评此词说：（"莫笑"二句）妙在婉雅。（"消受"二句）凄婉不减古人。

浪淘沙（紫玉拨寒灰）

紫玉拨寒灰^①，心字全非^②，疏帘犹自隔年垂。半卷夕阳红雨^③入，燕子来时。　　回首碧云西，多少心期，短长亭外短长堤。百尺游丝千里梦，无限凄迷。

注释

①紫玉拨寒灰：紫玉，紫玉钗；寒灰，篆香燃后的灰。②心字全非：残灰的心字散乱了。篆香心形，燃后的灰亦呈心形。③红雨：落花。

赏析

整篇词布局分明，所写内容虽然凄苦，但遣词造句清拔秀逸，尤其"百尺游丝千里梦"一句，词美意美。

浪淘沙 （夜雨做成秋）

夜雨做成秋，恰上心头，教他珍重护风流。端的[1]为谁添病也，更为谁羞？ 密意未曾休，密愿难酬，珠帘四卷[2]月当楼。暗忆欢期真似梦，梦也须留。

注释

①端的：究竟。②珠帘四卷：卷起四面的珠帘。

赏析

纳兰性德有文学禀赋，才华出众，家世又好，出入宫禁之间，陪伴帝王左右，在外人看来，还有什么可愁的呢？然而，这首词依然写愁，且有"密愿难酬"之语，想来豪门公子也有种种不能如意之处。

浪淘沙 （野宿近荒城）

野宿近荒城，砧杵[1]无声。月低霜重莫闲行[2]。过尽征鸿[3]书未寄，梦又难凭。 身世等浮萍，病为愁成。寒宵[4]一片枕前冰。料得绮窗孤睡觉，一倍关情[5]。

注释

①砧杵：捣衣石和棒槌。古诗词中以此代指闺中人为征人制寒衣，故砧杵之声寓有思妇之怨，或寓有征人思妇之意。②闲行：犹微行，本指行动隐秘之意。此处谓独自悄然缓行，即闲步之意。③征鸿：远飞的大雁。④寒宵：寒夜。⑤一倍关情：更加倍地动情了。

赏析

作者宿于野外，望不见村庄人家，自然没有女子洗衣的"砧杵声"。无声又如何？恰是"此处无声胜有声"，心中思家之情大盛。睡不着，出来散步，却是"月低霜重"，心情更加压抑。"过尽征鸿书未寄，梦又难凭"，化用宋赵闻礼《鱼游春水》中"过尽征鸿知几许，不寄萧郎书一纸"之句，写家书不通。下片"身世等浮萍，病为愁成"，应是出自韦庄《与东吴生相遇》中之"十年身事各如萍，白首相逢泪满缨"。全词质朴之中见柔情，感人至深。

浪淘沙（闷自剔残灯）

闷自剔残灯，暗雨空庭，潇潇已是不堪听。那更西风偏著意①，做尽秋声②。　　城柝③已三更，欲睡还醒，薄寒中夜掩银屏。曾染戒香④消俗念，莫又多情。

注释

①著意：犹专意、用心。②秋声：秋天西风起而草木摇落，其肃杀之声令人生情动感，故古人将万木零落之声等称为秋声。③城柝：谓城垣上传来的柝声。柝（tuò），古代巡夜时敲击之木梆。④戒香：佛教说戒时所点燃之香。

赏析

此词中作者本自多情，但又想"无情"，于是"曾染戒香"，想消除俗念。想来作者"戒情"之举，终究未成。俗世中的一些动静，譬如秋夜秋声，还是会轻易牵动他的心。

浪淘沙（清镜上朝云）

清镜①上朝云，宿篆②犹熏。一春双袂尽啼痕。那更夜来山枕③侧，又梦归人。　　花底病中身，懒约湔裙。待寻闲事度佳辰。绣榻重开添几线，旧谱翻新。

注释

①清镜：清晨的梳妆镜。②宿篆：昨夜的熏香。③山枕：即枕头。

　　此篇看似写女子伤春，实写作者自身离恨。词中"一春双袂尽啼痕"句，比韦庄《小重山》"罗衣湿，红袂有啼痕"更进一层，一个"尽"字写出泪水之多，伤心之苦。下片"绣榻"句，用的是魏晋宫人添线之典。据《荆楚岁时记》记载，魏晋宫人用红线量太阳的影子，太阳的影子在冬至后会添长一线。"添几线"，即表时间过了好几年。

卷

三

雨中花·送徐艺初①归昆山

天外孤帆云外树，看又是春随人去。水驿②灯昏，关城月落，不算凄凉处。　　计程应惜天涯暮，打叠起③伤心无数。中坐波涛④，眼前冷暖，多少人难语。

注释

① 徐艺初：纳兰业师徐乾学之子，名树谷，字艺初，江苏昆山人，康熙二十四年（1685年）进士。② 水驿：水道上的驿站。③ 打叠起：收拾起。④ 中坐波涛：指触犯朝廷纲纪。

赏析

康熙十一年（1672年），徐乾学因"副榜未取汉军卷"案获罪，被遣归昆山，其子徐艺初亦随父南归。这首词便是徐家父子离京时，纳兰性德相送而写下的。词中的"中坐"，原指星犯帝座。《史记·天官书》记载："月、五星顺入，轨道，司其出，所守，天子所诛也。其逆入，若不轨道，以所犯命之；中坐，成形，皆群下从谋也。"此处引申为朝廷纲纪。

鹧鸪天（独背斜阳上小楼）

独背斜阳上小楼，谁家玉笛韵偏幽？一行白雁遥天暮，几点黄花满地秋。　　惊节序①，叹沉浮，秾华如梦水东流。人间所事堪惆怅，莫向横塘问旧游。

注释

① 节序：节令的顺序。

赏析

作者登高望远，想起了什么？"横塘"句似乎意有所指。横塘，词中常见之地。可作水塘讲，前蜀牛峤《玉楼春》词中有句"春入横塘摇浅浪，花落小园空惆怅"。也有作古堤之说，如晋左思《吴都赋》写道："横塘查下，邑屋隆夸。"又有崔颢《长干曲》之一写："君家住何处？妾住在横塘。"后来，横塘作为一种唯美的江南意象，可泛指江南。由此可推测，作者可能是想起曾经的江南之游，或者是住在江南的某个人。

鹧鸪天（雁帖寒云次第飞）

雁帖①寒云次第②飞，向南犹自怨归迟。谁能瘦马关山道，又到西风扑鬓时。　　人杳杳，思依依，更无芳树有乌啼。凭将扫黛③窗前月，持向今宵照别离。

注释

①帖：通"贴"。②次第：依次。③扫黛：扫，照耀；黛，眉毛，这里代指闺中人。

赏析

这是一篇清冷思归之作。在诗词中，大雁通常与回家、通信相关。此词写思归，层层递进。先写大雁归去，又写瘦马关山阻隔、西风凛冽，离家之远、归乡之难可见一斑，情绪在此间翻转跃升，最后以月平息愁思，思归之情转入内心深处。

鹧鸪天（别绪如丝睡不成）

别绪如丝睡不成，那堪孤枕梦边城。因听紫塞三更雨，却忆红楼半夜灯。　　书郑重，恨分明①，天将愁味酿多情。起来呵手封题处②，偏到鸳鸯两字冰③。

注释

①书郑重，恨分明：书郑重，郑重地写；恨分明，深重的遗憾。②呵手封题处：呵手，天冷向手哈气；封题处，书札封口的地方。③偏到鸳鸯两字冰：恰好看到鸳鸯两字。冰，不是实指，是说面对当时的情景和自己的处境，内心深处很凄冷。

紫塞即边塞，有说语出鲍照《芜城赋》"北走紫塞雁门"。据此推测，那紫塞原本应该确指雁门关附近某地，后被用来泛指边塞。与以往提及"雁门关"的诗词不同，此词未见悲凉豪壮之情，为何？想是时移世易，纳兰性德此时所到的雁门、紫塞，已经算是"腹地"了。

鹧鸪天（冷露无声夜欲阑）

冷露无声夜欲阑，栖鸦不定朔风寒。生憎画鼓①楼头急，不放征人梦里还。　　秋淡淡，月弯弯，无人起向月中看。明朝匹马相思处，如隔千山与万山。

注释

①生憎画鼓：生憎，十分讨厌；鼓，古人夜间击鼓报时。

赏析

"鹧鸪天"词牌又名"于中好"。这一首词是纳兰性德的塞外思归之作。从词意来看，此篇应作于作者往梭龙途中。此阕词清丽雅致，逐层递进，与《鹧鸪天》（雁帖寒云次第飞）对比诵读，更有微妙意趣。

鹧鸪天（握手西风泪不干）

送梁汾南还，时方为题小影。

握手①西风泪不干，年来多在别离间。遥知独听灯前雨，转忆同看雪后山。　　凭寄语，劝加餐，桂花时节约重还。分明小像沉香缕②，一片伤心欲画难。

注释

①握手：离别时手拉着手。②分明小像沉香缕：分明，清楚；

小像，即梁汾的画像；沉香缕，缕缕沉香的烟雾。

赏析

这是作者送别顾贞观所作的送别词。当时逢顾贞观母丧，纳兰性德欲留不能，十分难舍。

起句"握手""西风""泪不干"，以平常字眼营造极伤情之情境。尤其"握手"二字，为本词点睛之笔。同西方礼节中的"握手"不同，中国古人的握手只发生在感情至深的人之间，比如李白写有"握手无言伤别情"，杜甫写有"万里相逢贪握手"，这些"握手"往往是感情深厚的人离别或重逢之时，因情之所至而做的举动。

鹧鸪天·咏史

马上吟成促渡江，分明间气属闺房①。生憎久闭铜铺暗②，花冷回心玉一床③。　　添哽咽，足凄凉，谁教生得满身香④？只今西海⑤年年月，犹为萧家⑥照断肠。

注释

①分明间气属闺房：间气，《春秋孔演图》谓"正气为帝，间气为臣"；闺房，此处指辽道宗皇后萧观音。②生憎久闭铜铺暗：萧观音被谗而死，所作《回心词》有"闭久铜铺暗"。生憎，最恨，最讨厌；铜铺，富丽堂皇的门。③花冷回心玉一床：回心，指回心院。这里暗用唐高宗的典故。高宗之王皇后及淑妃萧氏被武则天幽因，高宗去看她们，她们要求高宗将因室改名为"回心院"，暗示希望高宗回心转意。玉一床，这里指一床清冷的月色。④谁教生得满身香：萧观音《回心词》："若道妾身多秽贱，自沾御香香彻肤。"⑤西海：太液池。⑥萧家：即辽国萧家。

赏析

此词所咏，为辽代懿德皇后萧观音之事。萧观音貌美有才，曾经深得辽天佑帝之心，后因劝阻皇帝行猎秋山而被疏远。萧观音作有《回心院》词十首。所谓回心院，见于《新唐书·王皇后传》：唐高宗时王皇后及萧淑妃被武则天囚禁，高宗偷偷去看望她们，她们请求高宗将囚室改名"回心院"，以期唐高宗回心转意。当年萧观音咏回心院，如今纳兰又咏萧观音，不能不让人感慨历史的回环往复。

鹧鸪天（尘满疏帘素带飘）

十月初四夜风雨，其明日是亡妇生辰。

尘满疏帘①素带飘，真成暗度可怜宵。几回偷试青衫泪，忽傍犀奁见翠翘②。　　惟有恨，转无聊，五更依旧落花朝。衰杨叶尽丝难尽，冷雨凄风打画桥③。

注释

①疏帘：编织稀疏的竹制的窗帘。②忽傍犀奁见翠翘：犀奁，以犀角制作饰物的妆奁；翠翘，古代女子之首饰，即翡翠翘头，此处代指亡妻生前之遗物。③画桥：饰有彩绘的桥。

赏析

由作者注语，知此为悼亡卢氏之词。原本今日可以是个充满期待的日子，可惜因为斯人已逝，只能是"暗度可怜宵"。"可怜"古今意思不同，古语一般为"可爱"之意。不知作者此时是否想起了前人"云鬟风前绿卷，玉颜醉里红潮。莫教空度可怜宵。月与佳人共僚"的句子，若是想起了，两相对比，更是一番感触。

河传（春浅）

春浅，红怨，掩双环。微雨花间昼闲，无言暗将红泪弹。阑珊①，香销轻梦还②。　　斜倚画屏思往事，皆不是③，空作相思字。记当时，垂柳丝，花枝，满庭胡蝶④儿。

① 阑珊：凄凉落寞。② 香销轻梦还：此句化用李清照《念奴娇》"被冷香消新梦觉"。③ 皆不是：都不顺心。④ 胡蝶：即蝴蝶。

"河传"这一词牌不常见，据说是隋炀帝杨广首创、温庭筠推而广之。在纳兰词中，此词牌也仅此一例。此词短短五十几个字，字字鲜明，整体节奏明快、曼妙灵动，婉约可人。

木兰花·拟古决绝词柬友

人生若只如初见，何事秋风悲画扇①。等闲变却故人心②，却道故人心易变。　　骊山语罢③清宵半，泪雨零铃④终不怨。何如薄幸锦衣郎⑤，比翼连枝当日愿。

① 何事秋风悲画扇：何事，为什么，哪里有。秋风悲画扇，典出班婕妤被弃的故事。班婕妤为汉成帝妃，遭赵飞燕所妒，被成帝弃，作诗《怨歌行》，以秋扇自喻，抒发被弃之怨。② 等闲变却故人心：此句为倒装，当是"故人心等闲变却"。等闲，轻易地；故人，恋人。③ 骊山语罢：典出唐明皇和杨贵妃的故事。唐明皇与杨玉环曾于七夕之夜，在骊山长生殿结下海誓山盟。④ 泪雨零铃：典出唐明皇和杨贵妃的故事，见本书《浣溪沙》（凤髻抛残秋草生）赏析。⑤ 薄幸锦衣郎：指唐明皇。

此调原为唐教坊曲，后用为词牌，在韦庄《花间集》中始见。词题说此词拟古，其所拟之"决绝词"是古诗中的一种，通常是女子控诉男子薄情，表示与之决绝。如《白头吟》中有句："闻君有两意，故来相决绝。"词题中又有"柬友"两字，可见是借汉唐典故，以"闺怨"为假托，隐约表达不能直言的隐情。

虞美人（春情只到梨花薄）

春情只到梨花薄^①，片片催零落。斜阳何事近黄昏，不道人间犹有未招魂。　　银笺别记当时句，密绾同心苣^②。为伊判作梦中人，索向画图影里唤真真^③。

注释

① 梨花薄：梨花丛密之处。薄，《广雅》指"草丛生为薄"。
② 同心苣（jù）：相连锁的火炬状图案花纹。常用来象征爱情。
③ 真真：代指美人。这里指作者思念的妻子。

赏析

这首词写的是梨花落尽，暮春凄凉景象。"梨花薄"，是说梨花零落稀薄。恰逢黄昏时分，片片梨花飘落，让作者忍不住想起那些飘零他乡的人，不知道其魂归何处。下阕写所思念之人，求而不得，就像画图中的真真，希望能有画中人走入凡间的一天。真真其人，典出唐杜荀鹤《松窗杂记》：唐进士赵颜于画工处得一软障，图一妇人甚丽，颜谓画工曰：世无其人也，如可令生，余愿纳为妻。画工曰：余神画也，此亦有名，曰真真，呼其名百日，昼夜不歇，即必应之，应则以百家彩灰酒灌之，必活。颜如其言，遂呼之百日……遂活，下步言笑饮食如常。

虞美人（曲阑深处重相见）

曲阑深处重相见，匀泪^①偎人颤。凄凉别后两应同，最是不胜清怨^②月明中。　　半生已分孤眠过，山枕檀痕涴^③。忆来何事最销魂，第一折枝^④花样画罗裙。

注释

① 匀泪：拭泪。② 不胜清怨：难以忍受的凄清幽怨。不胜，难以忍受，承受不了。③ 檀痕涴（wò）：檀痕，浅红色的痕迹，这

里指泪痕；浣，污染，这里指浸渍。④折枝：中国花卉画技法，不画整枝，而只画其中一段枝丫。

赏析

"曲阑深处重相见，匀泪偎人颤"，应是化自李煜《菩萨蛮》中的句子："花明月暗飞轻雾，今宵好向郎边去。刬袜步香阶，手提金缕鞋。画堂南畔见，一晌偎人颤。"但是二者字同意不同，例如李煜所用的"颤"字体现女子娇俏可人，而纳兰所用"颤"字是写女子悲戚情切。纳兰性德学古而不泥古，巧以旧词装新意。

虞美人（峰高独石当头起）

峰高独石当头起，影落双溪水。马嘶人语各西东，行到断崖无路小桥通。　　朔鸿①过尽归期杳，人向征鞍老②。又将丝泪湿斜阳，回首十三陵③树暮云黄。

注释

①朔鸿：从北往南的大雁。②人向征鞍老：在征鞍上老去。③十三陵：明皇陵，在北京昌平。

赏析

这首词作于行役途中。上片写景，表现了路途艰险：头上有巨石，脚下有溪水，走到断崖处，只有小桥可通过。下片写想家却不能归，人生就这样在奔波中度过了。结句"回首十三陵树暮云黄"，营造出一种历史的苍凉感，更添惆怅。

虞美人（黄昏又听城头角）

黄昏又听城头角，病起心情恶。药炉初沸短檠青①，无那残香半缕恼多情。　　多情自古原②多病，清镜怜清影。一声弹指③泪如丝，央及东风休遣玉人知④。

注释

①短檠青：青灯。短檠，短灯架，指灯。②原：本来。③弹指：
指顾贞观之《弹指词》。④休遣玉人知：别让美人知道。

赏析

佛家的弹指包含四种含义：一表欢喜，二表警告，三表许诺，
四表非常短的时间单位。人们一般取第四种意思。苏轼有名句
"三过门前老病死，一弹指顷去来今"，是讲他与一位老僧的交往，
起初老僧身体健康，只是年纪大了。后来再去，老僧病了。又去
探望时，老僧已经逝去。苏轼忍不住感慨，仿佛只是一弹指的时
间，他就不在了。纳兰此词写"病"，写"弹指"，隐隐对应苏轼
名句，是言浅意深，以曲折之笔写心意。

虞美人（彩云易向秋空散）

彩云易向秋空散，燕子怜长叹。几番离合总无因①，赢得
一回偃偬一回亲。　　归鸿②旧约霜前至，可寄香笺字？不
如前事不思量，且枕红蕤欹侧③看斜阳。

注释

①几番离合总无因：几次相聚，毫无征兆地就分别了。②归
鸿：代指离人的消息。③红蕤欹侧：红蕤，即红蕤枕，这里代指
枕头；欹侧，歪斜，这里指懒懒地躺着。

赏析

这首词的主人公是一位闺中女子。她有愁难耐，心内长叹，
心中痛苦又矛盾。最后两句自我宽慰，词情更显深婉。词中"红
蕤"是传说中的仙枕，这里指绣花枕。唐张读《宣室志》卷六载：
玉清宫有三宝，碧玉环、红蕤枕、紫玉函。红蕤枕，似玉微红，
有纹如粟。

虞美人（银床淅沥青梧老）

银床①淅沥青梧老，屧粉②秋蛩扫。采香行处蹙连钱③，拾得翠翘何恨不能言。　　回廊一寸相思地，落月成孤倚。背灯和月就花阴，已是十年踪迹十年心。

注释

①银床：井栏。一说指辘轳架。②屧粉：鞋上的粉。屧，鞋的木底。③蹙（cù）连钱：蹙，皱眉；连钱，一种香草，大如铜钱，两瓣相连。

赏析

本词开篇即写的"银床"，是古诗词常见意象。南朝庾肩吾《九日侍宴乐游苑应令》诗中写道："玉醴吹岩菊，银床落井桐。"杜甫《冬日洛城北谒玄元皇帝庙》也有这样的句子："风筝吹玉柱，露井冻银床。"这些诗句中的"银床"，都指井栏或者辘轳架。而在温庭筠《瑶瑟怨》诗中的"冰簟银床梦不成，碧天如水夜云轻"句中，"银床"则指装饰华丽的床。结合纳兰本词上下文，"银床"后所跟"青梧""秋蛩"都是室外景，因而此"银床"，应是井栏或者辘轳架。由"银床"，可见女子所处环境华贵，有"井栏尚且如此，何况人乎"之意。

虞美人·为梁汾赋

凭君料理花间课①，莫负当初我。眼看鸡犬上天梯②，黄九自招秦七共泥犁③。　　瘦狂那似痴肥④好，判任痴肥笑。笑他多病与长贫，不及诸公衮衮向风尘。

注释

①凭君料理花间课：君，指顾贞观，两人是挚友，且在文学主张上比较接近；花间，指后蜀赵崇祚编的《花间集》，这里代指

词集。②鸡犬上天梯：即鸡犬升天，小人得志。典出刘安《淮南子》。天梯，传说中的登天的梯子。③黄九自招秦七共泥犁：黄九，黄庭坚；秦七，秦观；泥犁，佛家所谓的地狱。作者把自己与顾贞观比作黄庭坚与秦观。④瘦狂那似痴肥：瘦狂，不得志者；那似，哪里比得上；痴肥，得志的小人。

词题"为梁汾赋"，梁汾即顾贞观，前文有注。本词所述，是纳兰性德请顾贞观编选词集，并且表明自己心志，声明不与追名逐利之辈同流合污。词中"多病"是作者自指，"长贫"指顾贞观。

虞美人（残灯风灭炉烟冷）

残灯风灭炉烟冷，相伴惟孤影。判教狼藉醉清樽①，为问世间醒眼②是何人？　　难逢易散花间酒，饮罢空搔首。闲愁总付醉来眠，只恐醒时依旧到樽前。

①判教狼藉醉清樽：情愿醉得一塌糊涂。判，情愿。清樽，酒器，代指酒。②醒眼：清醒的人。

作者借酒浇愁，叹无知音在身边，有"举世皆醉我独醒，举世皆浊我独清"之意。

鹊桥仙（倦收缃帙）

倦收缃帙①，悄垂罗幕，盼煞一灯红小②。便容生受博山香③，销折得、狂名多少。　　是伊缘薄，是依情浅，难道多磨更好？不成④寒漏也相催，索性尽、荒鸡唱了。

注释

①缃帙（zhì）：浅黄色书套。亦泛指书籍、书卷等。此处当为书札。②红小：指灯中的灯油已快燃尽。这里指夜已很深。③便容生受博山香：便，即便；容，作者自指；生受，消受，享用；博山香，博山炉所焚之香。④不成：难道。

赏析

词中写的是一段过往的恋情，但并没见多悲伤，因此有人推测此为纳兰性德少年时所作，记录一段不成熟的感情。词开篇写挑灯夜读，有美人陪伴在侧，读倦了便"悄垂罗幕"。接着写彼此情深，即使因此被人嘲笑、折损名声又有什么呢？下片写如今伊人不在，只落得凄清惆怅，无可奈何。

鹊桥仙（梦来双倚）

梦来双倚，醒时独拥，窗外一眉新月。寻思常自悔分明，无奈却、照人清切。　　一宵灯下，连朝镜里，瘦尽十年花骨①。前期总约上元时，怕难认、飘零人物。

注释

①花骨：指女子清瘦的体态。

赏析

本篇似是悼卢氏之作，但"十年花骨"之语又说明不是，时间对不上。"前期总约上元时"之句，像是写友人。词中有对旧日情谊的怀念，也有对身世的感叹，笔意一波三折，是小令中难得的佳作。

鹊桥仙·七夕

乞巧楼空，影娥池①冷，佳节只供愁叹。丁宁休曝②旧罗衣，忆素手为予缝绽③。　　莲粉④飘红，菱丝⑤翳碧，仰见明星空烂。亲持钿合梦中来，信天上人间非幻。

注释

①影娥池：汉武帝所建，供妃嫔荡舟嬉戏之用。②丁宁休曝：丁宁，即叮咛，嘱咐；曝，晾晒。③忆素手为予缝绽（zhàn）：忆，想起；素手，指亡妻白皙的手；缝绽，缝补破绽。④莲粉：莲花。⑤菱丝：菱蔓。这里指荷叶。

赏析

这是一首悼念卢氏之词。题为"七夕"，指农历七月七日夜，俗称七夕。《东京梦华录·七夕》中写道："至初六、七日晚，贵家多结彩楼于庭，谓之乞巧楼，铺陈磨喝乐、花瓜酒炙、笔砚针线。或儿童裁诗，女郎呈巧，焚香列拜，谓之乞巧。妇女望月穿针，或以小蜘蛛安合子内，次日看之，若网圆正，谓之得巧。"七夕佳期，作者这里却是"乞巧楼空"，冷寂愁叹，满心尽是丧妻之痛。以作者所述之悲痛程度，结合"七夕"时间，推测此词大约作于卢氏亡故后不久。结尾作者幻想之语，既有浪漫奇情之感，又深表念妻之切。

南乡子（飞絮晚悠飏）

飞絮晚悠飏，斜日波纹映画梁①。刺绣女儿楼上立，柔肠。爱看晴丝②百尺长。　　风定却闻香，吹落残红在绣床。休堕玉钗惊比翼，双双。共唼蘋花绿满塘③。

注释

①斜日波纹映画梁：阳光照在水面上，水面又将阳光反射到屋梁上。②晴丝：飘荡的柳丝之类。这里谐音"情思"。③共唼（shà）蘋花绿满塘：这里指成双成对的比翼鸟在满塘的荷叶间和荷花下嬉戏。唼，鱼鸟吃食发出的声音。

赏析

这首词笔调轻灵，主人公是一位期待恋情的少女。词上片先写景，接着写女子"刺绣"，视线由远及近，生动而有画面感。词下片也是先写景，继而带出人物：少女感到孤寂，却又不敢言说，小心翼翼，细节传神。

南乡子·捣衣

鸳瓦已新霜，欲寄寒衣转自伤。见说征夫容易瘦①，端相②。梦里回时仔细量③。　　支枕④怯空房，且拭清砧⑤就月光。已是深秋兼独夜，凄凉。月到西南更断肠。

注释

①见说征夫容易瘦：听说在外戍守的人容易消瘦。②端相：即端详，仔细看。③量：打量。④支枕：因睡不着将枕头竖起来靠在上面。⑤砧：捣衣服的垫具。

赏析

词以思妇口吻，书写对被遣边关友人的思念之情。作者运笔如画，层层铺展。古时捣衣，是以木杵在砧上捶衣，且多在夜里进行。试想，忙碌一天的思妇在秋夜寒风中冷水捣衣，还要惦念远方的征人，一种相思，两处凄凉，无限酸楚欲断肠。

南乡子·柳沟①晓发

灯影伴鸣梭，织女依然怨隔河。曙色远连山色起②，青螺③。回首微茫忆翠蛾④。　　凄切客中过，未抵秋闺一半多。一世疏狂应为著⑤，横波⑥。作个鸳鸯消得⑦么？

注释

①柳沟：即柳沟城，在八达岭北。②曙色远连山色起：远方的山外现出曙色。③青螺：远方螺形的山。④回首微茫忆翠蛾：回首看到微茫中的远山，由那山形似女子的发髻而想到闺中人。翠蛾，美丽的女子，这里指所思念的人。⑤一世疏狂应为著：一

辈子放浪不羁为的是什么呢？疏狂，放浪不羁。⑥横波：指女子顾盼的眼神。⑦消得：受得，值得。

赏析

此词所写为爱人不忍分别之怨。词中"织女"指织女星。古代民间的牛郎织女故事说，因为银河作梗，让织女与牛郎阻隔两岸，不能相聚，只有每年七月七日，才能相会一次。作者以此典故，写相思、分别之苦。想念到深切之时，忍不住要"一世疏狂"，干脆放下一切束缚，专心陪伴爱侣。

南乡子（烟暖雨初收）

烟暖雨初收，落尽繁花小院幽。摘得一双红豆子①，低头。说著分携②泪暗流。　人去似春休③，厄酒曾将酹④石尤⑤。别自有人桃叶渡⑥，扁舟。一种烟波各自愁。

注释

①红豆子：即红豆，相思豆。②说著分携：说到分手的时候。③休：完结。④酹（lèi）：把酒浇在地上，表示祭奠。⑤石尤：即石尤风，逆风。古有石氏女嫁尤郎，尤为商远行，经久不归，石氏因思而亡，终前曰："吾恨不能阻其行，以至于此。今凡有商旅远行，吾当作大风为天下妇人阻之。"⑥桃叶渡：传说东晋书法家王献之有个爱妾叫"桃叶"，她往来于秦淮两岸时，王献之放心不下，常常亲自在渡口迎送，并为之作《桃叶歌》。

赏析

赵秀亭、冯统一《饮水词笺校》点评此词说："此为送友南还词。虽不忍分携，念其家中'别自有人'盼夫归，故惟祷其一路顺风而已。以词中节令看来，似作于康熙十五年（1676 年）夏严荪友南归之际。"也有学者认为此词为送别妾室沈宛所作。

南乡子·为亡妇题照

泪咽更无声，止向从前悔薄情①。凭仗丹青重省识②，盈盈③。一片伤心画不成。　　别语忒分明，午夜鹣鹣④梦早醒。卿自早醒侬⑤自梦，更更⑥。泣尽风前夜雨铃。

注释

①薄情：指对对方不够好。②凭仗丹青重省识：凭仗，凭借；丹青，本指绘画的颜料，这里指亡妇的画像；重，重新；省识，记起。③盈盈：形容女子举止、仪态美好。④鹣（jiān）鹣：即比翼鸟。⑤侬：我。在现在的南方方言中，侬是指"你"。⑥更更：每夜。

赏析

这是一首悼亡词。按副题所写，这首词是题写在卢氏遗像上的，其词句凄凉愁苦。其中"一片伤心画不成"句，取自唐代高蟾的《金陵晚望》中成句："世间无限丹青手，一片伤心画不成。"卢氏与纳兰性德感情深厚，卢氏去后，纳兰便陷入了极度痛苦之中。从那以后，其作品"悼亡之吟不少，知己之恨尤深"。其词风也自此改变，多哀婉悲凄之语，令人不忍卒读。

一斛珠·元夜月蚀①

星毯映彻，一痕微褪梅梢雪。紫姑②待话经年别。窃药③心灰，慵把菱花④揭。　　踏歌⑤才起清钲⑥歇，扇纨仍似秋期⑦洁。天公毕竟风流绝。教看蛾眉，特放些时⑧缺。

注释

①元夜月蚀：元夜，元宵；月蚀，月食。②紫姑：传说中的厕神，又名子姑、坑三姑。传说紫姑为李景妾，因为大妇所妒，常被役为秽事，死后为神。③窃药：嫦娥偷吃西王母不死灵药后奔月。④菱花：指镜子。⑤踏歌：众人拉手，踏着节拍唱歌。⑥钲：

古代的一种乐器，似锣。⑦秋期：指七夕，这一天是牛郎织女相会之期，故名。⑧些时：一会儿。

赏析

　　这是一首咏节序风物词。康熙二十年（1681年）正月十五出现月食，作者此词即记录当时情形。起句"星毬映彻"，景美词奇，写出人间火树银花盛况。"一痕微褪梅梢雪"句，写月食开始。当时不能用科学解释这种天文现象，于是人人奔忙，处处惊慌，忙着敲锣打鼓驱逐"天狗"。作者没有去敲锣打鼓，但却忍不住放飞思绪，想起"紫姑""嫦娥"此时在做什么。又想这月食，大概也是哪位任性的神仙安排的。

红窗月（燕归花谢）

　　燕归花谢，早因循①、又过清明。是一般风景，两样心情。犹记碧桃影里、誓三生。　　乌丝阑纸娇红篆②，历历③春星。道休孤④密约，鉴取深盟⑤。语罢一丝香露、湿银屏。

注释

　　①因循：本指道家所谓的顺应自然。这里指时令的推移。②乌丝阑纸娇红篆：乌丝，黑色的丝；阑纸，有格子的纸；娇红，深红；篆，篆字，一作印章。③历历：清楚的样子。④孤：即"辜"，辜负。⑤鉴取深盟：鉴取，即鉴，留心看，取用于动词后，无意义；深盟，男女之间的盟约。

赏析

　　词上片追忆往昔，一对爱侣两情相悦、海誓山盟。下片是山盟虽在，但其情已成过往，想着想着眼泪打湿了银屏。结句猛收，给读者留下无限想象空间。

踏莎行（春水鸭头）

春水鸭头①，春衫鹦嘴②。烟丝无力风斜倚。百花时节好逢迎③，可怜人掩屏山睡。　　密语移灯，闲情枕臂。从教酝酿孤眠味。春鸿不解讳相思，映窗书破人人字④。

注释

①春水鸭头：春水似鸭头一样浓绿。②春衫鹦嘴：春衫似鹦嘴一样红艳。③逢迎：应酬。这里指男女之间的约会。④书破人人字：大雁飞时，成"人"字或"一"字。这里指雁群散乱，似乎故意不成"人"字。

赏析

李白的《襄阳歌》中有"遥看汉水鸭头绿，恰似葡萄初酦醅"的句子，本词以鸭头比春水，不是无因之笔。只不过，李白所面对的是滔滔汉水，本词中女子应是对着花园池水泛起春愁。

踏莎行·寄见阳

倚柳题笺，当花侧帽①。赏心应比驱驰好②。错教双鬓受东风，看吹绿影成丝③早。　　金殿寒鸦，玉阶春草。就中冷暖和谁道？小楼明月镇④长闲，人生何事缁尘⑤老。

注释

①侧帽：歪戴帽子。②赏心应比驱驰好：心情欢快总比奔波好。③绿影成丝：青丝变白发。④镇：一直。⑤缁尘：黑色的飞尘。这里指浊世的纷扰。

赏析

这是一首寄给友人述说内心苦闷的词。词先写曾意气风发，"当花侧帽"；后写当侍卫的愁闷，"金殿寒鸦，玉阶春草。就中冷暖和谁道"。结尾叹息人生，力透纸背。词中"侧帽"语出

《周书·独孤信传》。据记载，北周有一位帅气的男子名叫独孤信，有一天他到城外打猎，不觉间天色已晚，为赶在宵禁之前回城，他策马扬鞭，一路疾驰，以至于头上的帽子歪了也顾不上扶正。路上有人看见他斜戴着帽子入城，非常潇洒，第二天街上就多了许多学他歪戴帽子的男子。后人将"侧帽"引申为风流洒脱的意思。

临江仙·寄严荪友

别后闲情何所寄，初莺早雁相思。如今憔悴异当时。飘零心事，残月落花知。　　生小不知江上路①，分明却到梁溪②。匆匆刚欲话分携③。香消梦冷，窗白一声鸡。

注释

①生小不知江上路：生小，从小；江上路，江南的路。②分明却到梁溪：梦里却到了梁溪。梁溪，代指严绳孙的故乡。③分携：分手。

赏析

严绳孙是纳兰性德的莫逆之交。他在20多岁时放弃科举，开始游历山水，与朱彝尊、姜宸英被誉为"江南三布友"。清顺治六年（1649年），严绳孙参加由江南名士太仓吴伟业主盟的慎交社，结识了一批名流人士。顺治十一年（1654年），他又与顾贞观、秦松龄等十人结云社。康熙十四年（1675年），结识纳兰性德。纳兰写给严绳孙的这首寄赠之作，表达了对挚友深切的怀念之情。

临江仙·永平①道中

独客单衾谁念我，晓来凉雨飕飕。缄书②欲寄又还休。个侬③憔悴，禁得更添愁。　　曾记年年三月病，而今病向深秋。卢龙风景白人头。药炉烟里，支枕听河流。

注释

① 永平：山海关一带，清为永平府。② 缄（jiān）书：封好书信。③ 个侬：那个人。

赏析

此词为作者在外思家之词。永平指清代永平府，在今山海关一带。出行关外，这里是必经之地。卢龙也在永平府境内，在今山海关西南一带，滦河流经此地，"支枕听河流"之"河流"，应是滦河。深秋时节，作者又生病了，而且是从原来的"三月病"发展到"病向深秋"。冷风入骨，风景萧疏，其心中感慨自身被命运驱遣，以致白发渐生。

临江仙·谢饷樱桃

绿叶成阴春尽也，守宫偏护星星①。留将颜色慰多情。分明千点泪，贮作玉壶冰。　　独卧文园方病渴②，强拈红豆酬卿。感卿珍重报流莺。惜花须自爱，休只为花疼。

注释

① 守宫偏护星星：守宫，守宫槐，俗称马缨花，其叶日间聚合，夜间舒展，这里指樱桃树浓密的枝叶；星星，这里指樱桃。② 文园方病渴：病渴，司马相如曾为孝文园令，患有消渴疾（可能就是糖尿病），此后以文园病渴指文人患病。作者以司马相如自比。

赏析

此词是作者收到他人馈赠樱桃，为表感谢而作。上片写获赠樱桃，自己很感激；下片写对赠送者的关切，劝其珍重。词中有多处用典，贴切自然，情真意切。其中，"绿叶成阴春尽也"是杜牧的一则故事。杜牧在湖州遇到了风姿绝代的女孩，一见倾心。可惜当时女孩年纪尚小，杜牧官职也不高，于是杜牧与女孩母亲相约十年后来娶。十年过去，杜牧却没来。又四年，杜牧当了湖州刺史，终于高车驷马来赴约，然而少女早已为人妇、为人母。杜牧于是写下《叹花》诗：自恨寻芳到已迟，往年曾见未开时。如今风摆花狼藉，绿叶成阴子满枝。

临江仙（丝雨如尘云著水）

丝雨如尘云著水①，嫣香碎拾②吴宫。百花冷暖避东风。酷怜③娇易散，燕子学偎红。　　人说病宜随月减④，恹恹却与春同。可能⑤留蝶抱花丛。不成⑥双梦影，翻笑杏梁⑦空。

注释

①云著水：指云里夹带着水气。②嫣香碎拾：嫣香，娇艳的花；碎拾，零落。③酷怜：最可惜。④病宜随月减：意即调养之道，当保持心境平和。随月减，随着时间的流逝，（喜怒哀乐等）逐渐消减。⑤可能：岂能，不能。⑥不成：难道。⑦杏梁：文杏木的屋梁。

赏析

白居易曾写过三首《忆江南》，第三首为："江南忆，其次忆吴宫。吴酒一杯春竹叶，吴娃双舞醉芙蓉。早晚复相逢？"白居易所忆之地即苏州。苏州是江南中的江南。提到了苏州，就不能不提吴宫。相传当年越王送西施入吴，吴王夫差宠爱西施，特地为她在苏州西南灵岩山上建了规模宏大的离宫。宫内"铜沟玉槛，饰以珠玉"，园林美景冠绝天下。想那吴宫、吴酒、吴女，谁人不神往？纳兰性德也不能例外。

临江仙（长记碧纱窗外语）

长记碧纱窗外语，秋风吹送归鸦。片帆从此寄①天涯。一灯新睡觉②，思梦月初斜。　　便是欲归归未得，不如燕子还家。春云春水带轻霞。画船人似月，细雨落杨花③。

注释

① 寄：托付。② 一灯新睡觉：睡醒之后，只有孤灯相伴。觉，睡醒。③ 细雨落杨花：杨花像细雨一样飘落。

赏析

词上片开篇"长记"句，写分别时的叮嘱，殷殷之情言犹在耳，一转眼，人就到了天涯。连燕子都能随意回家，人却想回回不得。全词话是淡淡的，愁也是淡淡的，并未明言愁苦情境，但这隐隐透出的孤独清冷、漂泊无着之感，也足够折磨人了。

临江仙（六曲阑干三夜雨）

塞上得家报云秋海棠①开矣，赋此。

六曲阑干三夜雨，倩谁护取娇慵。可怜寂寞粉墙东。已分裙衩绿②，犹裹泪绡红③。　　曾记鬓边斜落下④，半床凉月惺忪。旧欢如在梦魂中。自然肠欲断，何必更秋风。

注释

① 秋海棠：海棠花的一种，八月开花，又称"八月春""断肠花"。② 已分裙衩绿：已分，已经；裙衩绿，本质绿色的裙钗，这里指秋海棠的叶子。③ 犹裹泪绡红：泪，这里指花瓣上未干的宿雨；绡红，红色的绸子，这里指秋海棠的花。④ 鬓边斜落下：这里指秋海棠从头上飘落。

赏析

作者随扈塞上，得到家书说家中秋海棠开花了，无疑是欣喜的，但转而忧心：下雨了，我不在家，谁去保护这花呢？秋海棠，又称"八月春""断肠花"。据传古代有一个痴情女子，被遗弃后伤心落泪，泪水落地生花，即为秋海棠。这秋海棠花的典故，作者想必知道。他由秋海棠花，想到了某个人，触动了情肠。通篇借花写人，借人写花，转换十分自然。

临江仙·卢龙^①大树

　　雨打风吹都似此，将军^②一去谁怜。画图曾记绿阴圆。旧时遗镞地^③，今日种瓜田。　　系马南枝犹在否？萧萧欲下长川^④。九秋^⑤黄叶五更烟。只应摇落尽，不必问当年。

注释

　　①卢龙：在山海关西。②将军：将军树，这里指大树。冯异曾助光武帝刘秀打天下，屡立战功，后诸将并坐争功时，他常独坐在大树下，该树遂号为"大树将军"。后以"将军树"借指大树。③遗镞（zú）地：战场。镞，箭头。④萧萧欲下长川：树叶随风飘到大河。长川，大河。⑤九秋：即秋天。秋三月，九十天，故名。

赏析

　　此词也是作者随扈康熙皇帝东巡途中所作，与《临江仙·永平道中》等数篇作品为同时期作品。首句"雨打风吹都似此"，指作者见大树经历雨打风吹之后仍然挺拔矗立，忍不住惊叹。次句借冯异的故事，写大树无人怜惜，实表作者自己心中对大树的怜惜之情。光阴流转，昔日战场变良田，英雄人物都已烟消云散，于是有"只应摇落尽，不必问当年"的感叹。

临江仙·寒柳

　　飞絮飞花何处是，层冰^①积雪摧残。疏疏一树五更寒。爱他明月好^②，憔悴也相关^③。　　最是繁丝摇落后，转教人忆春山。湔裙梦断续应难。西风多少恨，吹不散眉弯^④。

注释

　　①层冰：一层层的冰，厚冰。②爱他明月好：喜欢他绿枝婆娑的样子。明月好，这里指柳树最美的时候。③相关：关切。④吹不散眉弯：吹不散忧愁。眉弯，因愁皱眉，故眉弯指忧愁。

李商隐有《柳枝》五首,诗前有序言,讲这组诗的由来:是因他一段阴差阳错的初恋故事。其序中有"后三日,邻当去湔裙水上,以博香山待"之语,纳兰性德此词中也是写柳,也有"湔裙",想是此词与李商隐《柳枝》五首有些渊源。清代词家陈廷焯曾经称赞此词说:余最爱《临江仙·寒柳》云:"疏疏一树五更寒。爱他明月好,憔悴也相关。"言中有物,几令人感激涕零。容若词亦以此篇为压卷。

临江仙(带得些儿前夜雪)

带得些儿前夜雪,冻云一树垂垂①。东风回首不胜悲。叶干丝未尽,未死只颦眉②。 可忆红泥亭子外,纤腰舞困因谁?如今寂寞待人归。明年依旧绿,知否系斑骓③?

注释

①冻云一树垂垂:覆盖在柳树上的雪,看上去像一团云。冻云,冬天的云。②颦眉:本指皱眉,皱眉时眉毛弯曲。这里指柳树被雪所压,枝条弯曲。③系斑骓:系马。古人长亭送别或歇息时,一般将马拴在旁边的柳树上。

赏析

此词也是咏寒柳之作,可与《临江仙·寒柳》比较阅读。最早的咏柳诗大概出自《诗经》,"昔我往矣,杨柳依依"。而最著名的要算唐贺知章的《咏柳》,"不知细叶谁裁出,二月春风似剪刀"。相比于前人的咏柳之句多写柔美、生机勃勃之柳,纳兰性德的咏柳如携塞外寒风,冰冷至极,悲戚至极。

临江仙·孤雁

霜冷离鸿^①惊失伴，有人同病相怜。拟凭尺素寄愁边。愁多书屡易^②，双泪落灯前。　　莫对月明思往事，也知消减年年^③。无端嘹唳^④一声传。西风吹只影，刚是早秋天。

注释

①离鸿：失群的大雁。②书屡易：把信改了又改。③消减年年：一年比一年憔悴、消瘦。④嘹唳：这里指大雁的哀鸣。

赏析

纳兰词中有众多写孤寂之词，这首也是其中之一。作为当朝贵戚，纳兰性德可能在其同侪中算是异类。而在和顾贞观等交往过程中，他又在身份、地位上与之有诸多不同之处。也许，不管后人为纳兰词作多少注解，终究无人真正猜中他的心事。其词集名《饮水词》，正所谓"如人饮水，冷暖自知"，作者始终如离群孤雁，少有知音，就如这首词中所写。

蝶恋花（辛苦最怜天上月）

辛苦最怜天上月，一昔^①如环，昔昔都成玦^②。若似月轮终皎洁，不辞冰雪为卿热。　　无那尘缘容易绝，燕子依然，软踏帘钩说^③。唱罢秋坟愁未歇^④，春丛认取双栖蝶。

注释

①昔：通"夕"。②玦（jué）：半环形有缺口的玉。这里代指未圆的月。③软踏帘钩说：典出李贺《贾公闾贵婿曲》"燕语踏帘钩，日虹屏中碧"。④唱罢秋坟愁未歇：典出李贺《秋来》"秋坟鬼唱鲍家诗，恨血千年土中碧"。

赏析

词中有"秋坟"字样，可见这是一首悼亡之作。上片开篇三句写月，淡雅清灵，后二句想起妻子，表达妻子如能像月亮一样长在，愿不辞寒冷去温暖她。下片前三句即写昔日甜蜜时光，后二句如上片后两句一样，以"双栖蝶"写自己的一片痴心。

蝶恋花（眼底风光留不住）

眼底风光留不住，和暖和香，又上雕鞍去。欲倩烟丝遮别路，垂杨那是相思树。　　惆怅玉颜成间阻①，何事东风，不作繁华主。断带依然留乞句②，斑骓一系无寻处。

注释

① 间阻：阻隔。② 断带依然留乞句：典出李商隐《柳枝诗序》：李商隐从弟李让山遇洛中里女子柳枝，诵李商隐《燕台》诗，"柳枝惊问：'谁人有此，谁人为是？'让山谓曰：'此吾里中少年叔耳。'柳枝手断长带，结让山为赠叔，乞诗"。

赏析

此词首句"眼底风光留不住"，陡然而起，引人好奇：留不住的是什么呢？是花香，还是杨柳？都不是。眼底留不住的是那即将骑马而去的人。此句套用辛弃疾的"有底风光留不住，烟波万顷春江橹"，改了一个"有"字，立刻与原句情境大不相同。一个"又"字，可见分别已多次。这分别，无可阻拦，就像东风留不住繁花一样。全词情思细腻，哀怨绵长，婉转言说无限惆怅、失落之情。

蝶恋花（又到绿杨曾折处）

又到绿杨曾折处①，不语垂鞭②，踏遍清秋路。衰草连天无意绪，雁声远向萧关③去。　　不恨天涯行役④苦，只恨西风，吹梦成今古。明日客程还几许？沾衣况是新寒雨。

①绿杨曾折处：与人折柳送别的地方。②垂鞭：放下马鞭，意即任马自行前行。③萧关：在今宁夏的一处关隘，这里代指边塞。④行役：这里指在外奔波。

赏析

首句"又到绿杨曾折处"，一个"又"字，让今昔交叠，有一种时空上的错乱感：上次在这里送别的情境，出现在作者的脑海中。回忆让人陷入沉默中，于是"不语垂鞭"。接着，衰草、雁声、西风，让作者清醒过来，开始认真思考明日的旅程。此词虽短小，但时空辽阔，有"天地之悠悠"之感，体现出作者的笔法精妙。

蝶恋花（萧瑟兰成看老去）

萧瑟兰成看老去①，为怕多情，不作怜花句。阁泪②倚花愁不语，暗香飘尽知何处？　　重到旧时明月路，袖口香寒，心比秋莲苦。休说生生③花里住，惜花人去花无主。

注释

①萧瑟兰成看老去：指自己在落寞中一天天老去。此句化用杜甫《咏怀古迹》"庾信平生最萧瑟，暮年诗赋动江关"。萧瑟，凄凉落寞；兰成，南朝梁庾信字兰成，此处作者自指。②阁泪：含泪。③生生：生生世世。

赏析

词中作者自比庾信，用词精巧，意境清幽。庾信字子山，南北朝时南阳新野（今属河南）人。庾信自幼随父庾肩吾出入于萧纲的宫廷，又与徐陵一起任东宫学士，二人成为宫体文的代表人物。侯景之乱时，庾信逃到江陵，辅佐梁元帝，并奉命出使西魏。还未回梁，梁已为西魏所灭，庾信滞留西魏，后入朝为官，官至车骑大将军、开府仪同三司。北周取代魏后，庾信迁为骠骑大将军、开府仪同三司，封临清县子，世称其为"庾开府"。庾信看似一生身居显贵、为文坛宗师，实则漂泊异乡、常念故国，内心为自己妥协出仕而羞愧，因不得自由而忧愤。

蝶恋花·夏夜

露下庭柯①蝉响歇，纱碧如烟②，烟里玲珑月。并著香肩无可说③，樱桃暗解丁香结④。　　笑卷轻衫鱼子缬⑤，试扑流萤，惊起双栖蝶。瘦断玉腰⑥沾粉叶，人生那不相思绝。

注释

①庭柯：院子里的树。②纱碧如烟：碧纱如烟。言纱之薄。③并著香肩无可说：指与恋人肩挨肩，心有灵犀，无须言说。④樱桃暗解丁香结：樱桃，指女子小巧的嘴；暗解，不知不觉解开；丁香结，本指丁香的花蕾，这里指愁绪。⑤鱼子缬（xié）：有鱼形花纹的纺织品。⑥玉腰：蝴蝶。

赏析

正是夏夜，作者却没有写眼前夏夜，而是想起往日旧事。上片前三句写景，后二句写人物。下片承前，先写女子"笑卷轻衫""试扑流萤""腰沾粉叶"，都是欢乐场景。至末句，陡然转折，如今只剩"相思绝"。其实在陡然转折之前，"双栖蝶"已经作铺垫："双栖蝶"即隐指祝英台与梁山伯故事，那是著名的爱情悲剧故事。

蝶恋花·出塞

今古河山无定据①，画角声中，牧马频来去。满目荒凉谁可语？西风吹老丹枫树。　　从前幽怨应无数，铁马金戈，青冢黄昏路②。一往情深深几许，深山夕照深秋雨。

　　①今古河山无定据：自古以来，江山频繁更迭。今古河山，自古以来的江山；无定据、不定、没准儿。②青冢（zhǒng）黄昏路：此句化用杜甫《咏怀古迹》"独留青冢向黄昏"。青冢，王昭君的坟墓。

赏析

　　塞外自古就是兵戈争斗之地，作者翘首远望，想到古往今来的人物"你方唱罢我登场"，忍不住感慨，都是来去匆匆。汉代昭君出塞和亲，或者金戈铁马兵戎相见，终归都是"青冢黄昏路"。作者目光纵横千年，最终平静收结：多少深情都过去，眼前深山、夕照、秋雨，是现实，也是历史。

蝶恋花（尽日惊风吹木叶）

　　尽日惊风①吹木叶，极目嵯峨②，一丈天山③雪。去去丁零④愁不绝，那堪客里还伤别。　　若道客愁容易辍⑤，除是朱颜，不共春销歇⑥。一纸乡书和泪折，红闺此夜团栾月。

注释

　　①惊风：狂风。②嵯峨（cuó'é）：高峻。③天山：我国新疆境内的著名山脉。这里代指边塞。④去去丁零：去去，一步一步往前走；丁零，古代北方少数民族，这里代指作者当时所处的边塞。⑤辍：本义是停止。这里指消散。⑥除是朱颜，不共春销歇：除非大好的年华不随岁月流逝。除是，除非是；朱颜，本指女子红润的脸庞，这里代指美好的年华；不共，不随；春，本指春天，这里代指岁月；销歇，消逝。

赏析

　　词中所述"天山"在新疆境内，作者并未去过新疆。结合作者行迹，此处或指代塞外之山。"丁零"句，借指塞外极边之地。结合"天山""丁零"推测，此词应是作者在梭龙行程中所作，因自己身在客途中，又与好友分别，有感而发。"若道客愁"句，是说如果能够朱颜不改，或许客愁能少些。此是反语，实际上应是旅途艰辛，人的样貌和精神状态都备受磋磨，与往日大不相同。结句提到"红闺"，想是作者又把此事写入家信，思家别友，忍不住泪落纸上。

蝶恋花（准拟春来消寂寞）

准拟①春来消寂寞，愁雨愁风，翻把春担阁②。不为伤春情绪恶，为怜镜里颜非昨。　　毕竟春光谁领略，九陌缁尘③，抵死遮云壑④。若得寻春终遂约⑤，不成长负东君诺。

注释

①准拟：打算，料定。②翻把春担阁：翻，反；担阁，即"耽搁"。③九陌缁尘：九陌，都城大道；缁尘，黑色的尘土。④抵死遮云壑：抵死，总是、老是；云壑，云雾缭绕的山谷。⑤若得寻春终遂约：若得，要是能够；遂约，得偿所愿。

赏析

春天是可喜的，是一切生机的来源。然而因为愁风愁雨，不能去欣赏春光了。这里的"愁风愁雨"，是自然中的风雨吗？在《通志堂集》中，纳兰性德写给顾贞观的信中说道："倘异日者脱屣宦途，拂衣委巷，渔庄蟹舍，足我生涯。药白茶铛，销兹岁月，皋桥作客，石屋称农，恒抱影于林泉，遂忘情于轩冕，是吾愿也。"想是指作者不如意之事，多半与仕途有关。如果他能够"脱屣宦途"，即有风雨，也是"喜风喜雨"了。

唐多令·雨夜

丝雨织红茵^①，苔阶^②压绣纹。是年年、肠断黄昏。到眼芳菲都惹恨^③，那更说，塞垣^④春。　　萧飒不堪闻，残妆拥夜分^⑤。为梨花、深掩重门。梦向金微山^⑥下去，才识路，又移军^⑦。

注释

①红茵：红色的垫子。这里指满地繁花。②苔阶：长满苔藓的台阶。③惹恨：引发伤感情绪。④塞垣：塞外的长城。这里指长安以西的长城。⑤夜分：夜半。⑥金微山：即今天的阿尔泰山。东汉永元三年（公元91年），耿夔、任尚等破北匈奴于此，北匈奴单于率残部越过此山，西入康居。唐贞观间，以铁勒卜骨部部地设置金微都督府，阿尔泰山因而得名金微山。⑦移军：军队转移。

赏析

这是一首闺中相思词。夜里下起小雨，细密如丝，眼前的春景很美，但是"都惹恨"，原来是因为思念在外的征人。不忍听到风雨声，不想风雨吹落梨花，把门紧紧关闭，早早拥被而眠。梦里梦见到了边关的军营，可是刚认出路，听说军营又移走了。上片注重景象，以景衬情。下片抒情，以梦作结，意蕴深长。全词情思绵密，词句隽永，含蓄简淡。

唐多令（金液镇心惊）

金液^①镇心惊，烟丝似不胜。沁鲛绡^②、湘竹无声。不为香桃^③怜瘦骨，怕容易，减红情。　　将息报飞琼^④，蛮笺^⑤署小名。鉴凄凉、片月三星^⑥。待寄芙蓉心上露，且道是，解朝醒。

注释

①金液：古代方士炼制的仙药，也可解作美酒。②鲛绡：这里指女子所用的手帕。③香桃：仙境的桃树。④飞琼：仙女。⑤蛮笺：本指高丽纸。这里指精致的信笺纸。⑥三星：天空中明亮而接近的三颗星，有"参宿三星""心宿三星""河鼓三星"。此处以心宿三星暗喻心中悲凉。

赏析

"唐多令"又名"南楼令"。这首词写的是为某人身体忧心，为其遍寻丹药，甚至求告仙女，希望能让其身体痊愈。结合纳兰家事，此词或为卢氏病重期间所作。

唐多令·塞外重九

古木向人秋，惊蓬①掠鬓稠。是重阳、何处堪愁？记得当年惆怅事，正风雨，下南楼。　　断梦几能留，香魂一哭休。怪凉蟾、空②满衾裯。霜落乌啼浑不睡，偏想出，旧风流。

注释

①惊蓬：即飞蓬。②空：徒然地。

赏析

此篇作于塞上，又逢重九，作者心中伤感。伤感从何而起？看那塞外重九日之景，草木荒凉，到处景象萧索，就像作者的心境一般。往年的重九乐事，只能在梦里流连。明知道想也无用，但还是忍不住怀恋。离愁与相思无解，只有心中无限惆怅。

踏莎美人·清明

拾翠①归迟，踏青期近，香笺小叠邻姬讯②。樱桃花谢已清明，何事绿鬟斜亸③、宝钗横。　　浅黛双弯，柔肠几寸，不堪更惹其他恨。晓窗窥梦有流莺，也觉个侬憔悴、可怜生^④。

注释

①拾翠：拾取翠鸟的羽毛以作首饰，这里指女子游春。②香笺小叠邻姬讯：香笺，女子用的信笺；邻姬，邻家女子；讯，书信。③何事绿鬓斜亸（duǒ）：何事，为什么；绿鬓，女子乌黑的头发；亸，软软地下垂。④生：形容词后的助词，无意义。

赏析

词牌有"踏莎行""虞美人"，但"踏莎美人"不多见，有说此为顾贞观自度曲。词中主人公是一位女子，她拒绝了邻家女孩踏青的邀约，原因是"不堪更惹其他恨"。古时"清明"是夏历二十四节气之一，人们多在清明之日祭祖、扫墓、踏青，是颇为重要的一个传统节日。诗人、词人们对清明也多有吟咏，比如"清明时节雨纷纷"等。如此生机勃勃、让人满怀期待的日子，女孩却憔悴困于家中，侧面写其心事之重，以至于提不起兴致。

苏幕遮（枕函香）

枕函香^①，花径漏^②。依约相逢，絮语黄昏后。时节薄寒人病酒。划地^③梨花，彻夜东风瘦。　　掩银屏，垂翠袖。何处吹箫，脉脉情微逗^④。肠断月明红豆蔻^⑤。月似当时，人似当时否？

注释

①枕函香：枕头还有余香。函，即含。②花径漏：花径露出春天的消息。③划地：没来由地。④逗：触发。⑤豆蔻：一种植物，旧诗词中常比喻少女或女子。又据宋范成大《桂海虞衡志·志花·红豆蔻》记载："红豆蔻花丛生……一穗数十蕊，淡红鲜妍，如桃杏花色。蕊重则下垂如葡萄，又如火齐璎珞及剪彩鸾枝之状。此花无实，不与草豆蔻同种。每蕊心有两瓣相并，词人托兴曰比

目连理云。"

赏析

这首词写的是一对恋人无奈分别的故事。起初两人柔情蜜意，在黄昏后温馨絮语。为何是黄昏后？据说当时贵族子弟，每天要练习弓马骑射、学习满蒙汉三种文字，极为忙碌，只有黄昏时分才能有空闲。词中人物是谁，无确切资料可考。不过，不论身份如何，这对恋人都在突然之间被拆散，只剩下"肠断月明红豆蔻"。

苏幕遮·咏浴

鬟云松①，红玉莹②。早月多情，送过梨花影。半晌斜钗慵未整。晕入轻潮③，刚④爱微风醒。　　露华⑤清，人语静。怕被郎窥，移却青鸾镜。罗袜凌波波不定。小扇单衣，可奈星前冷。

注释

①鬟云松：头发散乱。②红玉莹：皮肤红润、白皙。③晕入轻潮：脸上微微泛红。④刚：偏偏，恰恰。⑤露华：指月光。

赏析

此词所写为美人出浴情景，有点评称此词"俗艳"。词中"青鸾镜"，在《艺文类聚》卷九十引南朝宋范泰《鸾鸟诗序》中有记载："宾王于峻祁之山，获一鸾鸟，饰以金樊，食以珍羞，但三年不鸣。其夫人曰：尝闻鸟见其类而后鸣，何不悬镜以映之。王从其意，鸾睹形悲鸣，哀响中霄，一奋而绝。"后便称镜为"青鸾镜"。

淡黄柳·咏柳

三眠①未歇，乍到秋时节。一树斜阳蝉更咽，曾缩灞陵离别②。絮已为萍风卷叶，空凄切。　　长条莫轻折。苏小恨③、倩他说。尽飘零、游冶章台④客。红板桥空，湔裙人去，依旧晓风残月。

①三眠：即三眠柳，柳树之一种。据说似人形，一日三眠，意即每天三次长时间倒伏。②绾灞陵离别：在灞陵拉住将要远行的人。绾，拉；灞陵，霸陵，汉文帝陵墓，在陕西西安东，古时为送别之地。③苏小恨：苏小小的伤心事。苏小小，相传为钱塘名妓，爱上富家公子阮郁，但被阮郁所负，抑郁而终，传说苏小小门前遍种柳树。④章台：长安的一条街，遍植柳树。为歌伎聚居之所。唐韩翃有诗《章台柳》："章台柳，章台柳！昔日青青今在否？纵使长条似旧垂，也应攀折他人手。"

上片首句"三眠未歇，乍到秋时节"，"乍"字写出季节转换突然，隐喻离别也是如此。"蝉更咽""絮已为萍风卷叶"，景动愁肠，无限伤感。下片语气转缓，写不要轻易折断柳枝，这柳枝也是别离的见证。在人们纷纷离去之后，还有杨柳站立在这晓风残月中。作者上片写因柳而伤情，下片则借柳抒情：柳条不要轻易折，别离也不要轻易说。

青玉案·辛酉人日①

东风七日蚕芽②软，青一缕、休教剪。梦隔湘烟征雁远。那堪又是，鬓丝吹绿，小胜③宜春颤。　　绣屏浑不④遮愁断，忽忽年华空冷暖。玉骨⑤几随花骨换。三春醉里，三秋别后，寂寞钗头燕。

①人日：农历正月初七。②蚕芽：桑芽。③小胜：女子的一种头饰。古代女子有人日头戴小胜的习俗。④浑不：一点也不。⑤玉骨：女子的骨架。这里指容颜。

题中写"辛酉人日",故此篇或作于康熙二十年（1681年）正月初七。所谓"人日",据南朝梁宗懔《荆楚岁时纪》记载:"正月七日为人日。以七种菜为羹,剪彩为人或镂金箔为人,以贴屏风,亦戴之头鬓。又造华胜以相遗,登高赋诗。"这是一首咏节序词,词中主旨仍为伤离念远。

青玉案·宿乌龙江①

东风卷地飘榆荚,才过了、连天雪。料得香闺香正彻②。那知此夜,乌龙江畔,独对初三月。　　多情不是偏多别③,别离只为多情设。蝶梦百花花梦蝶。几时相见,西窗剪烛,细把而今说。

① 乌龙江:即今黑龙江。② 彻:通,达。《国语·鲁语上》:"焚烟彻于上。"这里指袅绕。③ 别:离别。

福建有乌龙江,但词中乌龙江应不是指福建乌龙江,而是指东北之黑龙江。词上片先写景,寒风卷过,榆荚飞舞。想家中妻子,此时必定是"香正彻"。下片化用李商隐诗意,"蝶梦百花花梦蝶。几时相见,西窗剪烛,细把而今说"。全词笔法虚实结合,有纯真可爱之气。

月上海棠·中元①塞外

原头野火烧残碣,叹英魂、才魄暗销歇②。终古江山,问东风、几番凉热。惊心事,又到中元时节。　　凄凉况是愁中别,枉③沉吟、千里共明月。露冷鸳鸯,最难忘、满池荷叶。青鸾杳,碧天云海音绝。

注释

① 中元：即民间传说中的鬼节，农历七月十五。民间在这一天有放荷灯于水上祭祀亡故亲人的习俗。② 销歇：消失。③ 枉：徒然。

赏析

题中"中元"指中元节，即农历七月十五，又称"七月半""鬼节"。佛家在此日做盂兰盆会，道家做斋醮。民间则祭祖扫墓、放荷灯等。词上片悼念英魂，叹息世事。"惊心"二字，显示作者不觉时日，必定是在外已久。下片承上片"惊心"句，猜想闺中长久不闻自己消息，必定满是相思愁绪。此词先怀古，再怀人，最后落笔于思家。全篇古今情思交织，惆怅凄婉。

月上海棠·瓶梅①

重檐②淡月浑如水，浸寒香③、一片小窗里。双鱼冻合④，似曾伴、个人无寐。横眸处，索笑而今已矣。　　与谁更拥灯前髻⑤，乍横斜⑥、疏影⑦疑飞坠。铜瓶小注，休教近、麝炉⑧烟气。酬伊也，几点夜深清泪。

注释

① 瓶梅：插在瓶中的梅花。② 重檐：中国传统建筑讲究的房子的两重屋檐，指在外檐下壁再安上一层板檐，以避免斜飘的雨雪洒在壁上。③ 寒香：梅花的清香。④ 双鱼冻合：双鱼池已结冰。双鱼，做成双鱼戏水状的洗手池。⑤ 拥灯前髻：指女子因伤心在灯下以手拥髻。刘辰翁《宝鼎现》有"又说向，灯前拥髻，暗滴鲛珠坠"。⑥ 横斜：或横或斜。多形容梅竹之类花木的枝条及其影子。⑦ 疏影：稀疏的影子，特指梅花。林逋《山园小梅》有"疏影横斜水清浅"。⑧ 麝炉：闺房中熏香时烧麝香的炉子。

赏析

作者借眼前瓶梅，抒发刻骨相思。天寒地冻，洗手池都结了薄冰，在梅花清冷的幽香中，作者想起过往，眼前景与脑海中的回忆交错，不觉滴下泪来。全词清新自然，与寒梅的香气相仿佛。

一丛花·咏并蒂莲①

阑珊玉佩罢霓裳②，相对绾红妆③。藕丝风④送凌波去，又低头、软语商量。一种情深，十分心苦⑤，脉脉背斜阳。

色香空尽转生香，明月小银塘。桃根桃叶终相守，伴殷勤、双宿鸳鸯。菰米⑥漂残，沉云⑦乍黑，同梦寄潇湘⑧。

注释

①并蒂莲：并生在同一茎上的两朵莲花。②阑珊玉佩罢霓裳：并蒂莲像舞罢《霓裳》的歌女的凌乱的玉佩。阑珊，凌乱。霓裳，即《霓裳羽衣舞》。③绾红妆：指两朵花盘结在一起。红妆，指并蒂莲。④藕丝风：微风。⑤十分心苦：莲心很苦。⑥菰（gū）米：菰结的籽。一名雕胡米，古以为六谷之一。⑦沉云：乌云。⑧潇湘：本是潇水湘水的合称，但一般指湘水。传说舜之二妃娥皇、女英死于湘水。这里比喻并蒂莲。

赏析

并蒂莲是荷花中的一个变种，它一茎生两花，花各有蒂，也有人称它为并头莲、同心芙蓉、合欢莲、瑞莲。古代人们视并蒂莲为吉祥、喜庆之兆。本词为应酬之作。词上片描绘并蒂莲形态，下片着重咏一个"并"字，勾画出并蒂莲之神韵。词是写莲，也是写友情，作者自身性情也蕴含其中。

金人捧露盘·净业寺①观莲有怀荪友

藕风轻，莲露冷，断虹收。正红窗初上帘钩。田田②翠盖，趁斜阳鱼浪香浮。此时画阁垂杨岸，睡起梳头。　　旧游踪，招提③路，重到处，满离忧。想芙蓉湖上悠悠。红衣④

狼藉，卧看桃叶送兰舟。午风吹断江南梦，梦里菱讴⑤。

注释

①净业寺：现已不存，大约在今北京什刹海后海一带。②田田：形容荷叶相连的样子。③招提：梵语，本"四方"之意。北魏太武帝创招提之名，"招提"成为寺院别称。④红衣：荷花。⑤菱讴：菱歌。

赏析

据《啸亭杂录》记载："成亲王府在净业湖北岸，系明珠宅。"因此这首词所说的净业寺，是北京城中的一处寺院，大概在净业湖左近。词上片白描，清风拂面，荷上滚动着水珠，应是刚下过雨。雨后彩虹挂在天际，映着红窗纱。池塘鱼儿嬉戏，浮上沉下。楼阁前柳条低垂，像是美人在梳头。下片虚写，想起旧日与友人同游，如今有些孤单。眼前荷花如此，严绳孙（字荪友）家乡的荷花又如何呢？字里行间尽是怀念、追昔之情。

洞仙歌·咏黄葵①

铅华不御，看道家妆②就。问取旁人入时③否。为孤情淡韵，判④不宜春，矜⑤标格，开向晚秋时候。　无端⑥轻薄雨，滴损檀心⑦，小叠宫罗镇长皱⑧。何必诉凄清，为爱秋光，被几日、西风吹瘦。便⑨零落、蜂黄也休嫌，且对倚斜阳，胜偎红袖⑩。

注释

①黄葵：黄蜀葵，秋天开花，花淡黄色。②道家妆：道士所穿的黄色道袍。这里指黄葵的淡黄色花。③入时：符合潮流。④判：通"拼"，舍弃，甘愿。⑤矜：孤傲。⑥无端：没有来由。⑦檀心：花蕊。⑧小叠宫罗镇长皱：小叠宫罗，黄葵的花瓣像折好的黄色锦缎；镇，长久。⑨便：即便。⑩偎红袖：和红袖靠在一起。意谓被美女采摘。

赏析

黄葵，即秋葵、黄蜀葵，一年或多年生草本植物，每年七至十月开花。其花不像蜀葵那样色彩艳丽，大多为淡黄色，近花心处为紫褐色。黄葵不是名贵之花，作者在本词中以"孤情淡韵""开向晚秋""爱秋光""且对倚斜阳"写它，不吝词句来咏赞黄葵品格孤高、不媚流俗，实是抒写自身情怀。

剪湘云·送友

险韵慵拈①，新声醉倚。尽历遍情场，懊恼曾记。不道当时肠断事，还较而今得意②。向西风、约略数年华，旧心情灰矣。　　正是冷雨秋槐，鬓丝憔悴。又领略、愁中送客滋味。密约重逢知甚日，看取青衫和泪。梦天涯、绕遍尽由人，只樽前③迢递。

注释

①险韵慵拈：懒得赋诗填词。险韵，古人作诗填词讲押韵，险韵是指用艰僻字押韵，人觉其惊警险峻而又能化艰僻为平妥。②不道当时肠断事，还较而今得意：比起此时跟你离别，之前那些伤心欲绝的事还算舒心的了。还较，比较而言、还胜。③樽前：眼前。樽，酒杯。

赏析

词为送友词，上片却并未写友，而是回忆以往填词的事。作者所送之友，应是平时诗词唱和之友。下片写眼前分别。以后写词少了同伴，作者满脸愁苦，青衫被泪水打湿。白居易《琵琶行》中"江州司马青衫湿"之句，后用青衫喻指失意之人。纳兰容若用此典故，抒写自身落寞。结句"梦天涯、绕遍尽由人，只樽前迢递"，化用唐代韦应物《春宵燕万年吉少府中孚南馆》诗句"河汉上纵横，春城夜迢递"的意境，写天各一方，思念难耐。这首词短小明快，技法精巧，形神极为融洽。

东风齐著力（电急流光）

电急流光①，天生薄命，有泪如潮。勉为欢谑，到底总无聊。欲谱频年②离恨，言已尽、恨未曾消。凭谁把，一天愁绪，按出琼箫③。　　往事水迢迢④。窗前月、几番空照魂销。旧欢新梦，雁齿⑤小红桥。最是烧灯时候⑥，宜春髻、酒暖蒲萄。凄凉煞，五枝青玉⑦，风雨飘飘。

注释

①电急流光：指时间过得飞快，如急流闪电。②频年：多年，这些年。③琼箫：玉箫。琼，美玉。④往事水迢迢：往事像流水一样过去了。⑤雁齿：比喻整齐的台阶。⑥烧灯时候：即元宵节。烧灯，指元宵节燃放灯火。⑦五枝青玉：元宵节所燃之灯。

赏析

此为悼亡之作。词中写"欲谱频年离恨"，又有"烧灯""宜春髻"等描写，结合"东风齐著力"（含迎春之意）词牌，推测此词约作于卢氏去逝两三年后的某个春节。词中的"五枝青玉"是一种灯，《西京杂记》记载："咸阳宫有青玉玉枝灯，高七尺五寸，作蟠螭，以口衔灯，灯燃，鳞甲皆动。"全词一咏三叹，备述作者悲戚之情。

满江红·茅屋新成却①赋

问我何心？却构此、三楹②茅屋。可学得、海鸥无事，闲飞闲宿。百感都随流水去，一身还被浮名束。误东风、迟日③杏花天，红牙曲④。　　尘土梦，蕉中鹿⑤。翻覆手，看棋局。且耽闲殢酒⑥，消他薄福。雪后谁遮檐角翠？雨余好种墙阴绿。有些些⑦、欲说向寒宵，西窗烛。

注释

①却：再，又。②楹：房屋一列为一楹。③迟日：因无聊而感到白天太长。④红牙曲：打着红牙板唱歌。⑤蕉中鹿：典出《列子·周穆王》。郑国有个打柴的人，途遇惊鹿，将它打死后藏在坑中，又盖上柴草。自己以后又忘记，以为是做梦，道上讲给别人听。有人听到了，根据他讲的寻到死鹿弄回家中。打柴人夜里又梦见藏鹿之处及取鹿之人，第二天早晨寻到此人。二人争鹿，到士师处诉讼。士师认为梦之真伪难辨，将鹿给二人分开。郑国国君闻知此事，问国相，国相也以为难辨真伪，按士师的办法也就算了。后以此典形容真伪杂陈，迷离虚幻，得失无常。⑥嚏（tì）酒：纵酒。嚏，沉溺。⑦些些：少许。这里意即繁杂的事。

赏析

康熙二十三年（1684年），作者好友顾贞观已经南归三年，作者建好了三楹茅屋，于是给顾贞观写信，邀他北上。此词应是写给顾贞观的"邀请词"。词上片写盖茅屋原因：想抛束缚，学那海鸥自在飞翔。可惜还是被浮名束缚，耽误了春光。下片想象茅屋中的生活：世事无常，不如和好友喝酒下棋、侍弄花草，乐享清闲。有些话，想在寒宵灯下对人说一说。词句之间，盼友北来之心恳切真挚。

满江红（代北燕南）

代北燕南①，应不隔、月明千里。谁相念、胭脂山②下，悲哉秋气。小立乍惊清露湿，孤眠最惜浓香腻。况夜乌、啼绝③四更头，边声起。　　销不尽，悲歌意。匀不尽，相思泪。想故园今夜，玉阑谁倚？青海④不来如意梦，红笺暂写违心字。道别来、浑是不关心，东堂桂⑤。

注释

①代北燕南：指山西、河北一带。代，汉之代郡。燕，古燕

国，在今河北省。②胭脂山：即燕支山。在古匈奴境内，以产胭脂草而得名。③绝：过。④青海：青海湖。这里泛指边塞。⑤东堂桂：科举考试而及第。此处应指功名。

[赏析]

这首词作于塞上，是月夜思妻怀乡之作。词由月及人，一笔千里，把塞外的作者和家中的妻子瞬间置于同一轮月下，两地距离瞬间拉近，似乎没有了间隔。然而美好的想象总是虚幻的，现实还是关山难越，作者只能违心写些"报喜不报忧"的话，以安慰妻子。

满江红（为问封姨）

为问封姨①，何事却、排空卷地？又不是、江南春好，妒花天气。叶尽归鸦栖未得，带垂惊燕飘还起。甚②天公、不肯惜愁人，添憔悴。　　搅③一霎，灯前睡。听半晌，心如醉。倩碧纱④遮断，画屏深翠。只影凄清残烛下，离魂飘缈秋空里。总随他、泊粉与飘香，真无谓。

[注释]

①封姨：风神。②甚：为什么。③搅：惊扰。④碧纱：窗子。

[赏析]

关于"封姨"，唐代谷神子《博异志·崔玄微》中有记载说，唐天宝中，崔玄微于春季月夜，遇美人绿衣杨氏、白衣李氏、绛衣陶氏、绯衣小女石醋醋和封家十八姨。崔命酒共饮。十八姨翻酒污醋醋衣裳，不欢而散。明夜诸女又来，醋醋言诸女皆往苑中，多被恶风所挠，求崔于每岁元旦作朱幡立于苑东，即可免难。时元旦已过，因请于某日平旦立此幡。是日东风刮地，折树飞沙，而苑中繁花不动。崔乃悟诸女皆花精，而封十八姨乃风神也。后诗文中常以之代指大风等。看来，这位封姨颇有性格。作者身处塞外，眼看狂风卷地，无可奈何，便借质问"封姨"，抒发愁苦忧愤。

满庭芳（堠雪翻鸦）

堠雪翻鸦，河冰跃马，惊风吹度龙堆。阴磷^①夜泣，此景总堪悲。待向中宵^②起舞，无人处、那有村鸡。只应是，金笳暗拍，一样泪沾衣。　　须知今古事，棋枰胜负，翻覆如斯。叹纷纷蛮触^③，回首成非。剩得几行青史，斜阳下、断碣残碑。年华共，混同江^④水，流去几时回。

① 阴磷：即磷火。② 中宵：半夜。③ 蛮触：典出《庄子》："有国于蜗之左角者，曰触氏；有国于蜗之右角者，曰蛮氏，时相与争地而战，伏尸数万。"④ 混同江：即松花江。

赏析

此词提到"混同江"，又写的是冬天景色，因此当是作者于康熙二十一年（1682 年）八月至十二月赴梭龙时所作。混同江畔是一片古战场，女真族各部入关之前曾在这里混战。其中就包括纳兰性德的祖先。这一段并不久远的历史，想是对作者有所触动，其词格外悲怆。

满庭芳·题元人芦洲聚雁图

似有猿啼，更无渔唱，依稀落尽丹枫。湿云影里，点点宿宾鸿^①。占断^②沙洲寂寞，寒潮上、一抹烟笼。全不似，半江瑟瑟，相映半江红。　　楚天秋欲尽，荻花吹处，竟日冥蒙^③。近黄陵祠庙^④，莫采芙蓉。我欲行吟去也，应难问、骚客遗踪。湘灵杳，一樽遥酹，还欲认青峰。

① 宾鸿：即大雁。② 占断：完全占有。③ 冥蒙：同"冥濛"，模糊，不清楚。④ 黄陵祠庙：即黄陵庙，是舜的妃子娥皇、女英

的庙。

　　此词为题画词。所题之画作《芦洲聚雁图》为朱芾所作。朱
芾生于元，卒于明，江苏华亭（今上海松江）人，明洪武初年以
翰林编修改中书舍人。他善画山水、人物，尤其擅长画芦雁。此
词上景下情，构思巧妙，由此词可见朱芾才思之飘逸，笔触灵动，
栩栩如生。

卷
四

水调歌头·题西山秋爽图

空山梵呗①静，水月影俱沉。悠然一境人外，都不许尘侵。岁晚忆曾游处，犹记半竿斜照，一抹界疏林②。绝顶茅庵里，老衲③正孤吟。　　云中锡④，溪头钓，涧边琴。此生著几两屐⑤，谁识卧游心。准拟乘风归去，错向槐安⑥回首，何日得投簪⑦？布袜青鞋⑧约，但向画图寻。

注释

①梵呗：寺庙里的诵经和佛号声。②界疏林：指夕阳照在稀疏的林子上。③老衲：老和尚。④云中锡：指和尚在山中游走。锡，僧人行脚时携带的锡杖。⑤几两屐：木屐。《晋书》卷四十九记载："初，祖约性好财，孚性好屐，同是累而未判其得失。有诣约，见正料财物，客至，屏当不尽，余两小簏，以著背后，倾身障之，意未能平。或有诣阮，正见自蜡屐，因自叹曰：未知一生当著几量屐！'神色甚闲畅。于是胜负始分。"⑥槐安：指槐安国或槐安梦。化用南柯一梦的典故，比喻人生得失无常。⑦投簪：丢下固冠用的簪子，比喻弃官。典出南朝齐孔稚珪《北山移文》："昔闻投簪逸海岸，今见解兰缚尘缨。"⑧鞋：同"鞋"，鞋子。

赏析

这也是一首题画词。词上片写画中内容：山林幽静，水映月影，仿佛世外桃源。这让他想起曾经游览过的地方，夕阳斜照竹林半腰，一抹云霞勾勒出远处疏林的轮廓。山顶茅草庵里，有一个老僧独自沉吟。下片写作者畅想画中生活，仿佛身入画中。词中"云中锡""几两屐""槐安""投簪"等用典，信手拈来，无一处不贴切。

水调歌头·题岳阳楼图

落日与湖水，终古岳阳城。登临半是迁客，历历数题名。欲问遗踪何处，但见微波木叶，几簇打鱼罾。多少别离恨，哀雁下前汀。　　忽宜雨，旋宜月，更宜晴。人间无数金碧①，未许著空明。淡墨生绡谱就，待倩②横拖一笔，带出九疑③青。仿佛潇湘夜，鼓瑟旧精灵④。

注释

①金碧：胜景。②待倩：随意地，不经意地。③九疑：指九嶷山。在湖南境内，风景秀丽。④旧精灵：湘灵。

赏析

岳阳楼在今湖南省岳阳市。相传，三国吴鲁肃先建阅兵台，唐开元四年（716 年）中书令张说在阅兵台基础上建岳阳楼。岳阳楼高三层，登楼远眺，八百里洞庭尽收眼底。李白、杜甫、白居易、李商隐等都曾吟咏岳阳楼。宋庆历五年（1045 年），滕子京守巴陵，重修岳阳楼，范仲淹撰《岳阳楼记》，岳阳楼之名再次广为人知。纳兰性德在此词中打破上景下情常规，词句铿锵，一气呵成，极富音律美感。

凤凰台上忆吹箫（荔粉初装）

除夕得梁汾闽中信，因赋。

荔粉①初装，桃符②欲换，怀人拟赋然脂③。喜螺江双鲤④，忽展新词。稠叠频年离恨，匆匆里、一纸难题。分明见、临缄重发⑤，欲寄迟迟。　　心知。梅花佳句，待粉郎香令⑥，再结相思。记画屏今夕，曾共题诗。独客料应无睡，慈恩⑦梦、那值微之⑧。重来日、梧桐夜雨，却话秋池。

①荔粉：即薜荔粉。薜荔，常绿藤本，蔓生，叶椭圆形，花极小，隐于花托内。果实富胶汁，可制凉粉。②桃符：古时挂在大门上的两块画着门神用于避邪的桃木板。此处指春联。③然脂：点燃蜡烛。④螺江双鲤：螺江，福建螺女江；双鲤，代指书信。⑤临缄重发：封信时又重新拆开信。⑥粉郎香令：指如顾梁汾一样的风流高雅之士。粉郎，犹玉面郎君；香令，指三国荀彧（yù）。⑦慈恩：即慈恩寺。⑧那值微之：那，哪；值，轮上；微之，本指元微之，即元稹，这里代指顾梁汾。

赏析

词上片写作者收获友人书信，十分欣喜。当时正是新桃换旧符之时，是双份的欣喜。下片说你我情深，就像当年元稹与白居易的友情一样。全词用语自然真挚，有纳兰词中少见的欢欣喜悦。

凤凰台上忆吹箫·守岁①

锦瑟何年，香屏②此夕，东风吹送相思。记巡檐③笑罢，共捻梅枝。还向烛花影里，催教看、燕蜡鸡丝④。如今但、一编消夜⑤，冷暖谁知？　　当时。欢娱见惯，道岁岁琼筵，玉漏如斯。怅难寻旧约，枉费新词。次第朱幡剪彩，冠儿侧、斗⑥转蛾儿⑦。重验取、卢郎⑧青鬓，未觉春迟。

注释

①守岁：中国传统习俗，除夕终夜不睡，以迎候新年的到来。②香屏：精致的屏风。③巡檐：在檐前来来回回地踱步。④燕蜡鸡丝：当为蜡燕、丝鸡，旧俗于除夕前后吃的点心一类的东西。⑤一编消夜：指用一编书打发除夕的无聊时光。⑥斗：纷乱地。⑦蛾儿：旧时女子于元宵节戴在头上的头饰。⑧卢郎：唐代卢姓子弟，年老才为校书郎，娶妻后遭妻怨。这里是作者自指。

赏析

这是一首节序词。作者上片先写往年守岁的热闹景象，"如今但"句猛转，今昔对比强烈。过片承上片，仍是追思过往。接着写眼前情境，抒发怀人伤感之情。

金菊对芙蓉·上元

金鸭①消香，银虬②泻水，谁家夜笛飞声？正上林③雪霁，鸳甃④晶莹。鱼龙舞⑤罢香车杳，剩尊前、袖掩吴绫⑥。狂游似梦，而今空记，密约烧灯⑦。　追念往事难凭。叹火树⑧星桥，回首飘零。但九逵⑨烟月，依旧笼明⑩。楚天一带惊烽火，问今宵、可照江城。小窗残酒，阑珊灯灺⑪，别自关情。

注释

①金鸭：鸭形的铜香炉。②银虬（qiú）：银漏壶、虬箭。这是古代的计时器，漏壶中有箭，水满箭出，箭上有刻度，用来计时。因为箭上刻有虬形纹，故称虬箭。虬，传说中的龙，无角。③上林：即上林苑，为帝王的宫苑。④鸳甃（zhòu）：井壁，因砌成对称的样子，故名。亦借指井。⑤鱼龙舞：唐宋时盛行的一种杂戏。辛弃疾《青玉案》有"一夜鱼龙舞"。⑥吴绫：吴地产的丝绸。⑦烧灯：即元宵燃放灯火。⑧火树：指挂满彩灯的树。⑨九逵：特指京城的大道。⑩笼明：当为"胧明"，半明半暗。⑪阑珊灯灺：指灯火即将燃尽。

赏析

这是一首怀念朋友的词。元宵时的京城一片热闹景象，但作者却想起昔日与朋友相伴燃放灯火的事。外面的喧闹衬托作者内心的孤寂，更写出作者对友人的想念之情。

琵琶仙·中秋

碧海①年年，试问取、冰轮为谁圆缺？吹到②一片秋香，清辉③了如雪。愁中看、好天良夜，争知道、尽成悲咽。只影而今，那堪④重对，旧时明月。　　花径里、戏捉迷藏，曾惹下萧萧井梧⑤叶。记否轻纨⑥小扇，又几番凉热。只落得、填膺⑦百感，总茫茫、不关离别。一任紫玉⑧无情，夜寒吹裂。

① 碧海：天空。② 吹到：吹来。③ 清辉：皎洁的月光。④ 那堪：哪里忍心。⑤ 井梧：井边梧桐。⑥ 轻纨：薄纱。⑦ 填膺：充塞胸臆。⑧ 紫玉：笛子。因多为紫竹所做，故名。

词上片铺陈眼前景致，"碧海""冰轮""秋香""清辉"，这好天良夜，本该高兴，但是为什么"尽成悲咽"呢？原来是如今只见旧时月，不见当年知音人。下片回忆往事，神往又感伤。"总茫茫、不关离别"，升华全篇。

御带花·重九夜

晚秋却胜春天好，情在冷香①深处。朱楼六扇小屏山，寂寞几分尘土②。虮尾③烟销，人梦觉、碎虫零杵④。便强说欢娱，总是无憀⑤心绪。　　转忆当年，消受尽皓腕红荑⑥，嫣然一顾。如今何事，向禅榻茶烟，怕歌愁舞。玉粟⑦寒生，且领略、月明清露。叹此际凄凉，何必更满城风雨⑧。

① 冷香：指菊花香。② 寂寞几分尘土：指亡妻寂寞的坟茔。③ 虮尾：盘曲若虮的香。④ 碎虫零杵：零星的秋虫叫声和捣衣声。

⑤无憀（liáo）：没有依托。⑥皓腕红莄：皓腕，这里指亡妻光洁的手臂；红莄，头上插的鲜艳茱萸。⑦玉粟：因寒而起的鸡皮疙瘩。⑧何必更满城风雨：更何况满城风雨。陈师道有名句"满城风雨近重阳"。

赏析

重阳节到了，每逢佳节倍思亲。作者一个人上了小楼，心绪寂寥，忍不住回忆当年。当年是皓腕红莄、偎红倚翠，如今却是"禅榻茶烟"。作者是在怀念某位女子？或者是怀念当年一起欣赏歌舞的友人？都有可能。结句照应开头，仍是说天时都好，自己仍然内心凄凉。

念奴娇（人生能几）

人生能几？总不如休惹、情条恨叶。刚是尊前同一笑，又到别离时节。灯炧①挑残，炉烟蓺尽，无语空凝咽②。一天凉露，芳魂③此夜偷接。　　怕见人去楼空，柳枝无恙，犹埽④窗间月。无分⑤暗香深处住，悔把兰襟亲结⑥。尚暖檀痕⑦，犹寒翠影，触绪添悲切。愁多成病，此愁知向谁说？

注释

①灯炧：此处指蜡烛。②凝咽：亦作"凝噎"，即哽咽。③芳魂：指亡妻的魂魄。④埽：通"扫"，拂拭。⑤无分：没有福分，没有缘分。⑥兰襟亲结：比喻结成知心朋友。这里指结下三生之盟。⑦檀痕：泪痕。檀，指檀粉。

赏析

"念奴娇"又名"百字令"，篇幅较长，这首词是纳兰性德长词的代表作之一。此词似是思念一位有缘无分的意中人，又像是怀念亡妻，全词意境缥缈，恍然若梦，与《长恨歌》有相似之感。

念奴娇（绿杨飞絮）

绿杨飞絮，叹沉沉①院落，春归何许？尽日缁尘吹绮陌②，迷却梦游③归路。世事悠悠，生涯未是，醉眼斜阳暮。伤心怕问，断魂何处金鼓④？　　夜来月色如银，和衣独拥，花影疏窗度⑤。脉脉此情谁得识？又道故人别去。细数落花，更阑未睡，别是闲情绪。闻余长叹，西廊唯有鹦鹉。

注释

①沉沉：深邃。②绮陌：繁华的街道。③梦游：梦中游历。④断魂何处金鼓：此句为倒装，当是"断魂金鼓何处"。⑤度：晃动。

赏析

"故人别去"，此"故人"不知所指何人，结合全词，应是作者的一位友人。因为友人的离去，作者无人可谈论世事，无人可倾诉烦恼，忍不住深感孤苦寂寞，慨然长叹。可是，也只有鹦鹉听到了他的叹息。

念奴娇·废园①有感

片红②飞减，甚③东风不语、只催漂泊。石上胭脂④花上露，谁与画眉商略。碧甃瓶沉⑤，紫钱钗⑥掩，雀踏金铃索⑦。韶华如梦，为寻好梦担阁。　　又是金粉⑧空梁，定巢燕子，一口香泥落。欲写华笺凭寄与，多少心情难托。梅豆圆时，柳绵飘处，失记⑨当初约。斜阳冉冉，断魂分付残角⑩。

注释

①废园：废弃的园林。②片红：残红，落花。③甚：为什么。④胭脂：落花。⑤碧甃（zhòu）瓶沉：汲水的银瓶沉入井中。碧

瓷，青绿色的井壁，这里指井。⑥紫钱钗：女子的一种首饰。紫钱，指苔藓。⑦金铃索：护花铃的绳子。⑧金粉：金粉之家，即豪富之家。⑨失记：忘记。⑩残角：隐约的号角声。

【赏析】

这首《念奴娇·废园有感》在纳兰性德作品中颇为人推崇。黄天骥在《纳兰性德和他的词》中点评说，这首词"极写庭院冷落，极写对庭院主人的怀念，同时又隐藏对人生的看法，隐藏着对兴废盛衰的悲哀"。

念奴娇·宿汉儿村①

无情野火，趁西风烧遍、天涯芳草。榆塞②重来冰雪里，冷入鬓丝吹老。牧马长嘶，征笳乱动，并入愁怀抱。定知今夕，庾郎瘦损③多少。　　便是脑满肠肥，尚难消受，此荒烟落照。何况文园④憔悴后，非复酒垆风调⑤。回乐峰⑥寒，受降城远，梦向家山绕。茫茫百感，凭高⑦唯有清啸。

【注释】

①汉儿村：可能是塞外的某个地方，具体何指已不可考。②榆塞：即榆关。古时边关多种榆树，故称。③庾郎瘦损：庾郎，即庾信；瘦损，因憔悴、愁思而消瘦。庾信作为梁朝重臣出使西魏后，一直羁留北方，常发故国之思。这里作者以庾信自比。④文园：指司马相如。司马相如曾为文园令。⑤酒垆风调：典出卓文君卖酒的故事。⑥回乐峰：即回乐县的烽火台，在宁夏回族自治区灵武。回乐峰与下面的受降城一样，泛指边塞。⑦凭高：登高。

【赏析】

上片写景，以景衬情，再借庾信指代自己，表达塞外苦寒、身心俱苦。下片先写"便是"句，铺垫一层，接着"何况"句，又递进一层，写自己体瘦身弱，更难支撑。结句"唯有清啸"，为前文铺陈之种种情绪找到一个出口，让读者也为其长舒一口气。

东风第一枝·桃花

薄劣^①东风，凄其^②夜雨，晓来依旧庭院。多情前度崔郎^③，应叹去年人面。湘帘乍卷，早迷了、画梁栖燕。最娇人、清晓莺啼，飞去一枝犹颤。　　背山郭、黄昏开遍。想孤影、夕阳一片。是谁移向亭皋^④，伴取晕眉青眼^⑤。五更风雨，算减却、春光一线。傍荔墙、牵惹游丝，昨夜绛楼难辨。

注释

①薄劣：薄情。②凄其：凄凉。③崔郎：即崔护。这里暗用崔护的典故。④亭皋：水边的平地。⑤晕眉青眼：晕眉，指女子晕淡的眉毛；青眼，柳眼。

赏析

这首词借咏桃花而言情。词中"应叹去年人面"一句，是借用了"人面桃花"之典。据唐孟棨《本事诗·情感》记载说，唐代崔护清明郊游，到一户村民家讨水喝，有一个女子给他拿来了水。那女子倚桃树站立，眉目含情。第二年清明崔护又路过那里，却是只见空屋不见人。于是他写了一首诗："去年今日此门中，人面桃花相映红。人面不知何处去？桃花依旧笑春风。"纳兰应是与崔护有类似感叹。清代学者陈溟在《精选国朝诗余》中点评此词说："咏梅名作极多，题桃此为佳构。"

秋水·听雨

谁道破愁须仗酒，酒醒后，心翻醉。正香销翠被^①，隔帘惊听，那又是、点点丝丝和泪。忆剪烛幽窗小憩。娇梦垂^②成，频唤觉一眶秋水^③。　　依旧乱蛩声里，短檠明灭，怎教人睡。想几年踪迹，过头风浪，只消受、一段横波^④花底。向拥髻灯前提起。甚日还来^⑤，同领略、夜雨空阶滋味。

①香销翠被:即翠被香销,妻子不能与自己同眠。②垂:接近。③频唤觉一眶秋水:频唤觉,老被唤醒;一眶秋水,满眼泪水。④横波:女子顾盼的眼神。⑤甚日还来:什么时候再来。甚,什么、哪一个。

赏析

此词开篇从酒醒写起:别人说可借酒浇愁,并不是那样,醒了之后心里更难过。抱着被子,忽然听到有声音,心中一惊。仔细聆听,原来是窗外秋雨。雨声淅淅沥沥,一时睡不着,不禁忆起过往的温馨生活:那时候也是下雨,但是两个人听雨是令人怀念的,跟一个人听雨大不相同。通读全篇,愁苦贯穿,可知也是一篇悼亡词。

木兰花慢（盼银河迢递）

立秋夜雨,送梁汾南行。

盼银河迢递①,惊入夜,转清商②。乍西园蝴蝶,轻翻麝粉③,暗惹蜂黄。炎凉。等闲④瞥眼,甚丝丝、点点搅柔肠。应是登临送客,别离滋味重尝。　　疑将⑤。水墨画疏窗。孤影淡潇湘⑥。倩一叶高梧,半条残烛,做尽商量。荷裳⑦。被风暗剪,问今宵、谁与盖鸳鸯⑧?从此羁愁万叠,梦回分付啼螀。

注释

①盼银河迢递:当为"盼迢递银河",期待高远的清空。②清商:即商调。商乃五音之一,悲凉凄婉。这里指立秋这天的夜雨,滴落时的声音听上去让人倍觉惆怅。③麝粉:香粉。这里代指蝴蝶的翅膀。④等闲:轻易,随便。这里指不经意地。⑤疑将:仿佛,好像。⑥潇湘:潇水和湘水。这里指湘妃竹。⑦荷裳:荷叶。

⑧ 谁与盖鸳鸯：拿什么盖鸳鸯。

赏析

这是一首送别词。作者内心对朋友极为难舍，但词句之间写离别十分克制，都是点到即止。作者更多是以景表情，写尽惜别离愁之意。

水龙吟·题文姬①图

须知名士倾城②，一般③易到伤心处。柯亭④响绝，四弦⑤才断，恶风吹去。万里他乡，非生非死，此身良苦。对黄沙白草，呜呜卷叶，平生恨、从头谱⑥。　　应是瑶台伴侣⑦。只多了、氈⑧裘夫妇。严寒觱篥⑨，几行乡泪，应声如雨。尺幅重披⑩，玉颜千载，依然无主。怪人间厚福，天公尽付，痴儿騃女⑪。

注释

①文姬：即蔡文姬。②名士倾城：名士，洒脱不羁的男子；倾城，绝世美女。③一般：同样。④柯亭：古地名，在今浙江绍兴，以盛产良竹闻名。这里指柯亭笛。相传音乐家蔡邕用柯亭之竹制笛，笛声绝妙。⑤四弦：即蔡文姬所弹奏之琵琶。⑥谱：写。⑦应是瑶台伴侣：本来该是瑶台伴侣。瑶台伴侣，即后宫的妃嫔或富家太太。瑶台，本指美玉砌筑之楼台，这里指华丽的楼阁。⑧氈：同"毡"。⑨觱篥（bìlì）：古代西北少数民族的一种管乐器。⑩尺幅重披：尺幅，这里指画卷；重披，重新展开。⑪痴儿騃（ái）女：痴儿呆女。騃，愚、呆。

赏析

这是一首题画词。词上片述说蔡文姬身世，下片写自己对她的同情和悲叹。结句"怪人间厚福，天公尽付，痴儿騃女"似是为蔡文姬叹不平，但语带双关，隐然抒发了作者对现实某些人事的愤懑不满之情。

水龙吟·再送荪友南还

人生南北真如梦，但卧金山①高处。白波②东逝，鸟啼花落，任他日暮③。别酒盈觞，一声将息④，送君归去。便烟波万顷，半帆残月，几回首，相思否？　可忆柴门深闭，玉绳低⑤、剪灯夜语。浮生如此，别多会少，不如莫遇。愁对西轩⑥，荔墙叶暗，黄昏风雨。更那堪几处，金戈铁马，把凄凉助。

注释

①金山：即今江苏镇江之金山，这里代指严荪友家乡。②白波：本指白浪。这里指时光。③日暮：当为"旦暮"，即日升日落。④将息：这里指叹息。亦可解作珍重。⑤玉绳低：夜已深。玉绳，即北斗七星之天乙、太乙二星。⑥西轩：西边的窗子。

赏析

词的上阕全用虚笔，写词人对好友归乡生活的想象，有恨不得一同归去之意。下阕联系眼前战局（大约是清初"平三藩"之时），更有战火纷纷、身不由己之感，显出作者对友人归乡旅途的担忧以及对人生渺茫、前途难卜的悲叹。

齐天乐·上元①

阑珊②火树鱼龙舞，望中宝钗楼③远。鞊鞻④余红，琉璃剩碧，待嘱花归缓缓。寒轻漏浅⑤。正乍敛烟霏⑥，陨星⑦如箭。旧事惊心，一双莲影藕丝断。　莫恨流年逝水，恨销残蝶粉⑧，韶光忒贱⑨。细语吹香，暗尘⑩笼鬓，都逐晓风零乱。阑干敲遍。问帘底纤纤⑪，甚时重见？不解相思，月华今夜满。

①上元：即元宵节。②阑珊：尾声，行将结束之际。③宝钗楼：即歌楼酒肆。④鞣鞨（mòhé）：这里指红玛瑙，因产于古鞣鞨国而得名。⑤漏浅：指漏壶的水快干了，意即夜已很深。⑥烟霏：烟花的烟雾。⑦陨星：烟花。⑧销残蝶粉：容华老去。蝶粉，本指脂粉，这里指美好的容颜。⑨忒贱：轻易地流逝。⑩暗尘：此指女子闺房中缭绕的熏香。⑪纤纤：本指女子尖尖的手指，这里代指恋人。

赏析

又是上元节，作者起初也是欣赏喧闹盛景。可是忽然"一双莲影"，牵动惊心往事，让作者心中泛起无限相思。词中借景铺叙，句短情长，真情弥满。

齐天乐·洗妆台①怀古

六宫②佳丽谁曾见，层台尚临芳渚③。露脚④斜飞，虹腰欲断，荷叶未收残雨。添妆何处？试问取雕笼⑤，雪衣⑥分付。一镜空濛，鸳鸯拂破白蘋去。　　相传内家结束⑦，有䩰装孤稳⑧，靴缝女古。冷艳全消，苍苔玉匣⑨，翻出十眉遗谱⑩。人间朝暮。看胭粉亭西，几堆尘土。只有花铃⑪，绾风深夜语。

注释

①洗妆台：这里是指金章宗为李宸妃所建的添妆楼，故址在北京北海琼华岛上。②六宫：天子有六宫。白居易《长恨歌》有"六宫粉黛无颜色"。③层台尚临芳渚：层台，高台，这里指宫殿；芳渚，花草丛生的小洲。④露脚：即露水。李贺《李凭箜篌引》有"露脚斜飞湿寒兔"。⑤雕笼：精致的鸟笼。这里代指笼中之鸟。⑥雪衣：白色鹦鹉，亦称雪衣娘，据说此鸟通人言。⑦内家结束：内家，皇家、皇宫；结束，装束。⑧䩰装孤稳：䩰装，即䩰服，

帕同"帕",与后文的靴缝都指女子讲究的装束;孤稳,指玉,与后文指黄金的女古一样,都是契丹语的音译。⑨苍苔玉匣:蒙着青苔的匣子。玉匣,精致的匣子。⑩十眉遗谱:十种画眉的谱子,即《十眉图》。⑪花铃:置于花丛用以惊吓鸟雀的铃铛。

赏析

词中"洗妆台",作者意指是萧太后梳妆楼。据晚明王圻《稗史汇编·地理门·郡邑》记载:"琼花岛梳妆台皆金故物也。……妆台则章宗所营,以备李妃行园而添妆者。"王圻还有自注说:"都人讹为萧太后梳妆楼。"纳兰性德此时应也是以讹传讹。他到洗妆台旧地,吟咏辽代故事,感叹今昔,有以史为鉴之意。

齐天乐·塞外七夕

白狼河①北秋偏早,星桥又迎河鼓②。清漏频移③,微云欲湿,正是金风玉露④。两眉愁聚。待归踏榆花,那时才诉。只恐重逢,明明相视更无语。　　人间别离无数,向瓜果筵⑤前,碧天凝伫。连理千花,相思一叶,毕竟随风何处。羁栖良苦。算未抵空房,冷香⑥啼曙。今夜天孙⑦,笑人愁似许。

注释

①白狼河:即辽宁大凌水,古称白狼水。此处代指边塞。②星桥又迎河鼓:星桥,即鹊桥,因由众星组成,故名;河鼓,也作何鼓,即牵牛星。③清漏频移:漏壶的水滴得很快。④金风玉露:借指秋天。金风,秋风;玉露,白露。秦观《鹊桥仙》有"金风玉露一相逢,便胜却人间无数"。⑤瓜果筵:旧时七夕之夜,妇女皆陈列瓜果于庭中,以乞巧。⑥冷香:本指梅花一类的凄清香气。这里代指恋人。⑦天孙:即织女星。

赏析

首句"白狼河"点出这首词所作地点,其时作者应正随扈出行。也许是刚成婚不久,也许是久在京城不惯风霜,作者词中备述思妻恋家、羁栖良苦。不过，也正是因作者多愁善感、一往情深，才有这样的佳作。清末谭献《箧中词》中有这样的赞语："逼真北宋慢词。"

瑞鹤仙（马齿加长矣）

丙辰生日自寿①，起用《弹指词》句，并呈见阳。

马齿②加长矣。枉碌碌乾坤，问汝何事。浮名总如水。拼③尊前杯酒，一生长醉。残阳影里，问归鸿、归来也未。且随缘、去住无心，冷眼华亭鹤唳④。　　无寐。宿醒⑤犹在，小玉⑥来言，日高花睡。明月阑干，曾说与，应须记。是蛾眉便自、供人嫉妒⑦，风雨飘残花蕊。叹光阴、老我无能，长歌而已。

注释

①丙辰生日自寿，起用《弹指词》句，并呈见阳：丙辰，即康熙十五年（1676年），纳兰年22岁；顾贞观有《弹指词》词集，其中《金缕曲·丙午生日自寿》有"马齿加长矣"句。②马齿：本指马的牙齿，马齿随年而增。这里代指人的年龄见长。③拼：但愿。④华亭鹤唳：这里暗用陆机的典故。刘义庆《世说新语·尤悔》："陆平原河桥败，为卢志所谮，被诛，临刑叹曰：'欲闻华亭鹤唳，可复得乎？'"⑤宿醒：宿醉。⑥小玉：传说中天上的侍女。这里指侍女。⑦是蛾眉便自、供人嫉妒：此处暗用屈原《离骚》之典："众女嫉余之蛾眉兮，谣诼谓余以善淫。"

赏析

丙辰年，即康熙十五年，这一年纳兰性德22岁。当年三月，纳兰进士及第。同年十月，朝廷下诏，禁止八旗子弟参加科考。不知道这一禁令是否与纳兰有关。徐乾学在给纳兰性德写的墓志铭里，记述了纳兰中进士后，不出门、不见人，只看书、弹琴自娱的日子。他本以为一朝登科能大展宏图，却没想到只能赋闲在家，想必是无限落寞、愁郁的。

雨霖铃·种柳

横塘如练。日迟①帘幕，烟丝斜卷。却从何处移得，章台仿佛，乍舒娇眼。恰带一痕残照，锁黄昏庭院。断肠处、又惹相思，碧雾濛濛度②双燕。　　回阑③恰就轻阴转。背风花④不解春深浅。托根⑤幸自天上，曾试把、霓裳舞遍。百尺垂垂，早是酒醒，莺语如剪⑥。只休隔、梦里红楼，望个人儿⑦见。

注释

①日迟：因无聊而感到白天太长。②度：来来回回地飞。③回阑：曲折的栏杆。④背风花：长在背风地方的花。⑤托根：寄身。⑥莺语如剪：莺的鸣声很清脆。⑦个人儿：那个人。

赏析

这首词写的是作者移栽柳树过程中的所思所感。在诸多《雨霖铃》词作中，以宋代柳永的《雨霖铃》最为有名，其中"多情自古伤离别"为千古名句。

疏影·芭蕉

湘帘卷处，甚离披①翠影，绕檐遮住②。小立吹裾，常伴春慵，掩映绣床金缕。芳心③一束浑难展，清泪裹④、隔年愁聚。更夜深细听空阶雨滴，梦回无据⑤。　　正是秋来寂寞，偏声声点点，助人离绪。缬被⑥初寒，宿酒全醒，搅碎乱蛩双杵。西风落尽庭梧叶，还剩得、绿阴如许。想玉人、和露⑦折来，曾写断肠诗句。

①离披：摇荡，晃动。②绕檐遮住：当为"遮住绕檐"。绕檐，指转角处的屋檐。③芳心：女子的愁思。④清泪裹：指被泪水淹没。⑤梦回无据：无缘无故地就醒了。⑥缬被：染花的被子。⑦和露：连同上面的露水。

赏析

此篇明咏芭蕉，暗寓怀人之意。上片写芭蕉形貌。"扶疏似树，质则非木，高舒垂荫"，是前人对芭蕉形象的描绘，可见其形象颇为高大，而作者所写的芭蕉"芳心一束"，"清泪裹"，可见是作者心有所想，目有所见。下片写雨打芭蕉，难以入眠，于是"想玉人""写断肠诗句"，是在怀念某个人了。

潇湘雨·送西溟归慈溪

长安一夜雨，便添了几分秋色。奈此际①萧条，无端又听、渭城风笛②。咫尺层城③留不住，久相忘、到此偏相忆④。依依白露丹枫，渐行渐远，天涯南北。　　凄寂。黔娄⑤当日事，总名士如何消得。只皂帽蹇驴⑥，西风残照，倦游踪迹。廿载江南犹落拓，叹一人、知己终难觅。君须爱酒能诗，鉴湖⑦无恙，一蓑一笠。

注释

①奈此际：无奈此时。②渭城风笛：这里指笛子吹奏的《渭城曲》，是送别的曲子。③层城：高楼。④久相忘、到此偏相忆：之前两人交往的诸般往事，本来差不多都忘了，但当此离别之际，又涌上心头。⑤黔娄：古代的隐士。⑥蹇（jiǎn）驴：跛脚的、瘦骨嶙峋的驴。蹇，跛，行走困难。⑦鉴湖：浙江境内的湖。这里借指西溟的家乡。

赏析

西溟，即姜宸英（1628—1699），号湛园，又号苇间，浙江慈溪人，擅词章，尤工书画。此词上片由景起，借景写心，表达对姜宸英的惜别之情。下片温语慰藉，表达对姜宸英怀才不遇的同情。可惜后来姜宸英没能过上"一蓑一笠"的平静生活，而是在70岁才得中探花后，不久即被牵涉到科场案中，银铛入狱，饮药而死。如果纳兰性德没有早逝，看到好友结局如此，更是会悲痛莫名吧！

风流子·秋郊射猎

平原草枯矣，重阳后，黄叶树骚骚①。记玉勒青丝②，落花时节，曾逢拾翠③，忽忆吹箫。今来是，烧痕④残碧尽，霜影乱红凋⑤。秋水映空，寒烟如织，皂雕⑥飞处，天惨⑦云高。　　人生须行乐，君知否？容易两鬓萧萧⑧。自与东君⑨作别，划地⑩无聊。算功名何许？此身博得，短衣射虎⑪，沽酒西郊。便向夕阳影里，倚马挥毫。

注释

①骚骚：风吹树木的响声。②玉勒青丝：玉勒，精致的马衔；青丝，马的缰绳。③拾翠：拾取翠鸟羽毛。④烧痕：野火的痕迹。⑤凋：凌乱。⑥皂雕：黑色的雕。⑦天惨：天色昏暗。⑧萧萧：斑白。⑨东君：司春之神。⑩划地：依旧，依然。⑪短衣射虎：短衣，狩猎的装束。射虎，典出《史记·李将军列传》："广出猎，见草中石，以为虎而射之，中石没镞，视之，石也。因复更射之，终不能复入石矣。广所居郡闻有虎，尝自射之。及居右北平射虎，虎腾伤广，广亦竟射杀之。"

赏析

徐乾学曾写道，纳兰容若"有文武才，每从猎射，鸟兽必命中"。结合此词，可见纳兰性德不仅乐于骑射，而且颇精于此道。只是，偶尔散心还可，总是骑射未免无聊，作者显然有更大的抱负，只是难以实现，于是有"人生须行乐"这样的自我宽慰之语。

沁园春（试望阴山）

试望阴山，黯然销魂，无言徘徊。见青峰几簇，去天才尺；黄沙一片，匝地①无埃。碎叶城②荒，拂云堆③远，雕外寒烟惨不开。踟蹰久，忽冰崖转石，万壑惊雷④。　穷边自足秋怀⑤。又何必、平生多恨哉？只凄凉绝塞，蛾眉遗冢⑥；销沉腐草，骏骨空台⑦。北转河流，南横斗柄⑧，略点微霜鬓早衰。君不信，向西风回首，百事堪哀。

①匝地：遍地。②碎叶城：唐代古城。③拂云堆：在今内蒙古地区。④踟蹰久，忽冰崖转石，万壑惊雷：这里化用李白《蜀道难》"连峰去天不盈尺，枯松倒挂倚绝壁。飞湍瀑流争喧豗，砯崖转石万壑雷"。⑤秋怀：愁怀。⑥蛾眉遗冢：王昭君的墓。⑦骏骨空台：骏骨，千里马的骨头；空台，黄金台。战国时燕昭王筑黄金台以招揽贤才，并有千金买马骨的典故。⑧斗柄：北斗七星。

赏析

起句"试望阴山"，是实写还是虚写？如是虚写，可解为作者想学古代名将一样建功立业；如是实写，那么此"阴山"应是代指作者眼前的高大山峰。接着又连用"碎叶城""拂云堆""蛾眉遗冢"铺陈，引出了"百事堪哀"的感叹。全词沉郁苍凉，凄清壮阔。

沁园春（瞬息浮生）

丁巳重阳前三日①，梦亡妇淡妆素服，执手哽咽，语多不复能记。但临别有云："衔恨愿为天上月，年年犹得向郎圆。"妇素未工诗，不知何以得此也，觉后感赋。

瞬息浮生，薄命如斯，低徊怎忘。记绣榻闲时，并吹红雨②；雕阑曲处，同倚斜阳。梦好难留，诗残莫续，赢得更深哭一场。遗容在，只灵飙③一转，未许端详。　　重寻碧落茫茫。料短发、朝来定有霜。便人间天上，尘缘未断；春花秋叶，触绪还伤。欲结绸缪④，翻惊摇落，减尽荀衣⑤昨日香。真无奈，倩声声邻笛⑥，谱出回肠。

注释

①丁巳重阳前三日：即康熙十六年（1677年）九月初六。此时，卢氏已病逝三个多月。②并吹红雨：红雨指落花。这里指曾与卢氏一起赏花。③灵飙：飘忽不定的魂魄。④绸缪：缠绵的男女恋情。⑤荀衣：三国名士荀彧身有浓香。这里指神采风流。⑥邻笛：这里化用向秀闻笛创作《思旧赋》的典故。《思旧赋·序》："余与嵇康、吕安居止接近。其人并有不羁之才，然嵇志远而疏，吕心旷而放。其后各以事见法……余逝将西迈，经其旧庐。于时日薄虞渊，寒冰凄然。邻人有吹笛者，发声寥亮。追思曩昔游宴之好，感音而叹，故作赋云。"

赏析

纳兰容若与其妻卢氏婚姻时间不长，但伉俪情深。本以为的海誓山盟，很快化作镜花水月，让他思多成梦。虽然是梦，有模糊不清之处，但是仍然万分留恋，感叹梦去得太快。全词愁绪无限，句句都是断肠伤心之意。

沁园春（梦冷蘅芜）

梦冷蘅芜①，却望姗姗②，是耶非耶？怅兰膏渍粉③，尚留犀合；金泥蹙绣④，空掩蝉纱⑤。影弱难持⑥，缘深暂隔，只当离愁滞海涯。归来也，趁星前月底，魂在梨花。　　鸾胶⑦纵续琵琶。问可及、当年萼绿华⑧？但无端摧折，恶经风浪；不如零落，判委尘沙⑨。最忆相看，娇讹道字⑩，手剪银灯自泼茶。今已矣，便帐中重见，那似伊家。

①蘅芜：一种香草。②姗姗：女子仪态万方的样子。《汉书·外戚传上·孝武李夫人》记载："上思念李夫人不已，方士齐人少翁言能致其神。乃夜张灯烛，设帷帐，陈酒肉，而令上居他帐，遥望见好女如李夫人之貌，还幄坐而步。又不得就视，上愈益相思悲感，为作诗曰：'是邪？非邪？立而望之，偏何姗姗其来迟！'"③兰膏渍粉：兰膏，一种化妆品；渍粉，残存的脂粉。④金泥蹙绣：金泥，用以饰物的金屑；蹙绣，即蹙金，用金线绣的带有褶皱的花。⑤蝉纱：指帐幔。⑥影弱难持：弱不禁风。⑦鸾胶：传说能续弓弩已断之弦，名曰续弦胶，亦称鸾胶。这里指再娶。⑧萼绿华：传说中的仙女。此处代指前妻。⑨判委尘沙：甘心随前妻长埋地下。⑩娇讹道字：读书念错字的娇羞之态。

"冷""蘅芜"，可联想到《红楼梦》中的薛宝钗。薛宝钗服用冷香丸，居所称"蘅芜苑"，诗号"蘅芜君"，难怪有人揣测《红楼梦》所写为明珠家事。本词中的"蘅芜"，应是指纳兰妻子卢氏，这是一首悼亡之作。上片从幻觉写起，用汉武帝命方士招李夫人魂的典故，写对亡妻的思念之情。"兰膏"几句，指作者还留着她的遗物，但却再也见不到她的人。下片"鸾胶纵续琵琶"，指已经续娶。不过，作者仍然难忘亡妻，"最忆"三句写她音容笑貌，栩栩如生。

金缕曲·赠梁汾

德也狂生耳①。偶然间、缁尘京国②，乌衣门第③。有酒惟浇赵州土，谁会成生④此意？不信道、遂成知己。青眼⑤高歌俱未老，向尊前、拭尽英雄泪。君不见，月如水。　　共君此夜须沉醉。且由他、蛾眉谣诼⑥，古今同忌。身世悠悠何足问，冷笑置之而已。寻思起、从头翻悔。一日心期千劫在⑦，后身缘、恐结他生里。然诺重，君须记。

注释

① 德也狂生耳：德，作者直指，纳兰名性德；狂生，狂狷的人。② 缁尘京国：即京国缁尘，作者自喻。缁尘，黑色灰土，常喻世俗污垢；京国，京城。③ 乌衣门第：大富之家。乌衣，乌衣巷，在南京，六朝时为王公聚居之地。④ 成生：纳兰自指。纳兰原名成德。⑤ 青眼：相传阮籍看人有青白眼之分。以青眼看尊敬的人，以白眼看厌弃的人。⑥ 蛾眉谣诼：即小人的中伤。典出屈原《离骚》："众女嫉余之蛾眉兮，谣诼谓余以善淫。"⑦ 一日心期千劫在：你我倾心相交，就算重重劫难，都不会改变。心期，两厢期许；劫，佛家语，即灾难。

赏析

起句"德也狂生耳"，写自己也曾年少轻狂。"偶然间、缁尘京国，乌衣门第"，写他虽然出身富贵之家，也是偶然，他并不以此为恃。"有酒惟浇赵州土"，取自唐李贺诗句："买丝绣作平原君，有酒惟浇赵州土。"纳兰性德引用此句，是表示自己对人才和爱才之士的敬佩。下片写把酒夜话，谈到因"谣诼"发配的吴兆骞，必有一番感慨怒骂。如此难得的友情，自然倍感珍重。结句"然诺重，君须记"，或指纳兰性德答应营救被发配在宁古塔的吴兆骞之事。

金缕曲（酒涴青衫卷）

再赠梁汾，用秋水轩①旧韵。

酒涴青衫卷。尽从前、风流京兆，闲情未遣。江左知名今廿载，枯树泪痕休泫②。摇落尽、玉蛾金茧③。多少殷勤红叶句，御沟深、不似天河浅。空省识，画图展。　　高才自古难通显。枉教他、堵墙落笔，凌云书扁④。入洛游梁⑤重到处，骇看村庄吠犬。独憔悴、斯人不免。衮衮门前题凤客⑥，竟居然、润色朝家典。凭触忌，舌难剪。

注释

①秋水轩：明末清初名士孙承泽的别墅，在北京城西，为文人雅集之地。周在浚借居此地时，邀聚名士酬唱诗词，辑为《秋水轩唱和词》。②枯树泪痕休泫：典出《世说新语》。桓温北征时，经金城，见年轻时所种之柳皆已十围，泫然流泪。泫，流泪。③玉蛾金茧：玉蛾，杨花；金茧，柳枝的嫩叶。④凌云书扁：化用三国韦诞的典故。魏明帝建凌云殿后，匾未题就被工匠固定好，明帝就命韦诞搭梯子在匾上题字。题毕，韦诞须发尽白。⑤入洛游梁：入洛，这里暗用陆机、陆云兄弟入洛后名声大振的典故。游梁，这里暗用司马相如仕途不得志的典故。⑥衮衮门前题凤客：这里暗用嵇喜的典故。《世说新语·简傲》："嵇康与吕安善，每一相思，千里命驾。安后来，值康不在。喜（康兄）出户延之，不入。题门上作'凤'字而去。喜不觉，犹以为欣。故作'凤'字，凡鸟也。"衮衮，即滚滚。

赏析

顾贞观比纳兰性德年长近20岁，少年时即名震江南。然而，他的才华却得不到施展，总是被排挤。作者把顾贞观比作庾信、嵇康，一则表示对其认可，二则表示赞美、宽慰之心。另外，"物以类聚"，作者也是在抒发自己的心绪。

金缕曲（生怕芳尊满）

生怕芳尊满。到更深、迷离醉影，残灯相伴。依旧回廊新月在，不定竹声撩乱①。问愁与、春宵长短。人比疏花还寂寞，任红药②、落尽应难管。向梦里，闻低唤。　　此情拟倩东风浣。奈吹来、余香病酒，旋添一半。惜别江郎③浑易瘦，更著轻寒轻暖。忆絮语、纵横茗盌④。滴滴西窗红蜡泪，那时肠、早为而今断。任角枕，欹⑤孤馆。

注释

①撩乱：纷乱；杂乱。②红蕤：即红花。③江郎：即江淹。④茗盌：即茶碗。⑤欹：倚，靠着。

赏析

这首词似是写友人，又似乎有悼念亡妻之意，怀念友人、悼念亡妻之感交融，融合得浑然无痕。

金缕曲（洒尽无端泪）

简梁汾①，时方为吴汉槎作归计。

洒尽无端泪。莫因他、琼楼寂寞，误来人世。信道痴儿多厚福，谁遣偏生明慧②。就更著、浮名相累。仕宦何妨如断梗③，只那将、声影供群吠。天欲问，且休矣。　　情深我自拼④憔悴。转丁宁⑤、香怜易爇，玉怜轻碎⑥。羡煞软红尘里客⑦，一味醉生梦死。歌与哭、任猜何意。绝塞生还吴季子⑧，算眼前、此外皆闲事。知我者，梁汾耳。

注释

①简梁汾：简，简札、书信，这里是以词代信；梁汾，即前注中顾贞观。②信道痴儿多厚福，谁遣偏生明慧：这两句是愤激之语。信道，知道；痴儿，庸鄙之人；遣，让；明慧，聪敏。③仕宦何妨如断梗：不妨视仕宦如断梗。断梗，折断的苇梗。④拼：不顾惜，这里指甘愿。也有版本将"拼"作"判"字。⑤丁宁：即叮咛。⑥香怜易爇，玉怜轻碎：香草易于燃尽，玉器易于破碎。⑦软红尘里客：庸鄙之人。软红尘，意近温柔乡。⑧吴季子：春秋时吴国的季札。这里代指吴兆骞（1631—1684），字汉槎，吴江松陵镇人，与纳兰交契。吴兆骞因清初科场案被流放宁古塔。

此词上片劝友、劝己：不要无端洒泪，不必为浮名所累，更不必在意那些造谣中伤。下片说，美慕那些红尘中醉生梦死的人，只有自己如此憔悴。不过，现在除了努力营救吴兆骞，其他都不要紧。全词简单明了，直抒胸臆，其中不乏对朝廷的牢骚之语，可见两人说话无须避忌，彼此极为信任。

金缕曲 · 慰西溟

何事添凄咽？但由他，天公簸弄①，莫教磨涅②。失意每多如意少，终古几人称屈。须知道、福因才折。独卧藜床看北斗③，背高城、玉笛吹成血。听谯鼓，二更彻。　　丈夫未肯因人热④。且乘闲、五湖料理，扁舟一叶。泪似秋霖挥不尽，洒向野田黄蝶。须不羡、承明班列⑤。马迹车尘忙未了⑥，任西风、吹冷长安月⑦。又萧寺，花如雪。

注释

①簸弄：拨弄，摆布。②磨涅：磨砺浸染。比喻经受考验。③北斗：指北斗七星。这里指朝廷。④丈夫未肯因人热：大丈夫不要轻易因求人（官）而急躁。热，热衷、急躁。⑤承明班列：承明，即承明庐，汉代侍臣值宿所居之屋，后为入朝、在朝为官的代称。班列，位次，即朝班之位次。⑥马迹车尘忙未了：指庸常之辈为功名利禄奔走得不亦乐乎。⑦吹冷长安月：指姜西溟在京为官的希望破灭了。

赏析

姜宸英（字西溟）很有才华，却生性疏放，屡试不第。康熙十七、十八年（1679年），纳兰性德为姜宸英提供住处，两人多有唱和之作。这首词中，作者劝慰姜宸英说，人生不如意事常八九，不要因仕途不顺而心灰意冷。那些虚名，本不必营营以求。他以此慰藉姜宸英，也是在安慰自己。

金缕曲（谁复留君住）

姜西溟言别，赋此赠之。

谁复留君住。叹人生、几翻离合，便成迟暮①。最忆西窗同剪烛，却话家山夜雨。不道只、暂时相聚。衮衮长江萧萧木②，送遥天、白雁哀鸣去。黄叶下，秋如许。　　曰归因甚添愁绪？料强似、冷烟寒月，栖迟梵宇③。一事伤心君落魄，两鬓飘萧未遇④。有解忆、长安儿女⑤。裘敝⑥入门空太息，信古来、才命真相负。身世恨，共谁语？

注释

①迟暮：年老。②衮衮长江萧萧木：此句化用杜甫《登高》"无边落木萧萧下，不尽长江滚滚来"。衮衮，即"滚滚"。③栖迟梵宇：栖迟，滞留、淹留；梵宇，寺庙。④两鬓飘萧未遇：两鬓飘萧，头发斑白；未遇，没有被人赏识。姜西溟于康熙三十六年（1697年）中进士，年已七十。⑤有解忆、长安儿女：此句化用杜甫《月夜》"遥怜小儿女，未解忆长安"。⑥裘敝：即敝裘，破烂的衣服。典出《战国策·秦策一》："（苏秦）说秦王书十上而说不行。黑貂之裘敝，黄金百斤尽，资用乏绝，去秦而归。"

赏析

这首词明确表明是送别姜宸英（字西溟）之作。上片表达惜别之情，为两人短暂的相聚感到不舍。下片感伤其身世，并安慰他：此番归乡，至少能够与儿女相聚，也算稍慰君心。词中"归"字承上启下，提挈全篇。

金缕曲·寄梁汾

木落吴江①矣。正萧条、西风南雁，碧云千里。落魄江湖还载酒②，一种悲凉滋味。重回首、莫弹酸泪③。不是天公教弃置，是南华、误却方城尉④。飘泊处，谁相慰。　　别来我亦伤孤寄⑤。更那堪、冰霜摧折，壮怀都废。天远难穷劳望眼，欲上高楼还已。君莫恨、埋愁无地。秋雨秋花关塞冷，且殷勤、好作加餐⑥计。人岂得，长无谓⑦。

①吴江：即吴淞江，梁汾的故乡。②落魄江湖还载酒：此句化用杜牧《遣怀》"落魄江湖载酒行"。③酸泪：悲伤的眼泪。④是南华、误却方城尉：此处化用唐温庭筠的典故。温庭筠被贬为方城（今河南方城县）尉后，自谓"因知此恨人多积，悔读《南华》第二篇"，慨叹学识渊博而不为人所容。南华，即《南华经》，也就是《庄子》。《南华》第二篇是《齐物论》。⑤孤寄：孤身旅居。⑥加餐：多吃点饭。典出《古诗十九首·行行重行行》"弃捐勿复道，努力加餐饭"。⑦无谓：无所作为。此句化用李商隐《无题》诗句"人生岂得长无谓，怀古思乡共白头"。

此词开篇三句，没有一字谈及寂寞，但所铺陈景象，无一不是寂寞。词中有对友人的温言慰藉，也有自己的牢骚之语。不过，在结尾，还是重新提起心气，叮嘱友人"好作加餐计"，人生哪能一辈子都无所作为呢？还是要为将来保重身体啊！

金缕曲·亡妇忌日有感

此恨何时已？滴空阶、寒更雨歇，葬花天气①。三载②悠悠魂梦杳，是梦久应醒矣。料也觉，人间无味。不及夜台③

尘土隔，冷清清、一片埋愁地。钗钿约④，竟抛弃。　　重泉⑤若有双鱼寄。好知他、年来苦乐，与谁相倚。我自终宵成转侧，忍听湘弦重理。待结个、他生知己。还怕两人俱薄命，再缘悭⑥、剩月零风⑦里。清泪尽，纸灰起。

注释

①葬花天气：指农历五月百花凋谢的日子。此句亦指纳兰妻卢氏之亡如花之凋谢。卢氏死于康熙十六年（1677年）五月三十日。②三载：意即卢氏死后已经三年。③夜台：即坟墓。④钗钿约：指与妻子之间的约定。典出白居易《长恨歌》"但教心似金钿坚，天上人间会相见"。⑤重泉：黄泉。⑥缘悭（qiān）：欠缺缘分。悭，欠缺。⑦剩月零风：凄冷的月，萧索的风。

赏析

在纳兰性德的悼亡词中，这首《金缕曲》被认为是最具有代表性的一首，堪称悼亡典范。开篇"此恨何时已"句，以问作答：时间并未冲淡思念和悲伤。继而由伤春写到伤心，从祈求音信，到期望来生，层层递进，纳兰词之"哀感顽艳"可见一斑。

金缕曲（未得长无谓）

未得长无谓。竟须将、银河亲挽，普天一洗。麟阁才教留粉本①，大笑拂衣归矣。如斯者、古今能几？有限好春无限恨，没来由、短尽英雄气。暂觅个，柔乡避。　　东君轻薄知何意。尽年年、愁红惨绿，添人憔悴。两鬓飘萧②容易白，错把韶华虚费。便决计、疏狂休悔。但有玉人常照眼，向名花、美酒拼沉醉。天下事，公等在。

注释

①麟阁才教留粉本：麟阁，即麒麟阁，亦称凌烟阁，在汉未央宫，汉宣帝将十一位功臣画于阁上，以彰其功，后遂以画像于麒麟阁表示权重功高；粉本，即图像。②飘萧：鬓发稀疏貌。

首句"未得长无谓",反用李商隐"人生岂得长无谓,怀古思乡共白头"之意,表示自己心中尚有牵挂,不能达到"无谓"境界。继而气势如虹,表示曾想要亲挽银河,一洗天下污浊,成就凌烟阁画像功业。"如斯者"转折,气势泄尽,英雄气短,想投入温柔乡。作者是真的这样想吗?结句露出讥讽之意,照应首句,仍然是"未得长无谓"。

摸鱼儿·午日雨眺

涨痕添,半篙柔绿①,蒲梢荇叶②无数。空濛台榭烟丝暗,白鸟衔鱼欲舞。红桥路。正一派③、画船箫鼓中流住。呕哑④柔橹,又早拂新荷,沿堤忽转,冲破翠钱⑤雨。　　蒹葭渚,不减潇湘深处。霏霏漠漠如雾。滴成一片鲛人⑥泪,也似汨罗⑦投赋。愁难谱。只彩线、香菰⑧脉脉成千古。伤心莫语。记那日旗亭⑨,水嬉散尽,中酒阻风⑩去。

注释

①半篙柔绿:半竿深的碧水。②蒲梢荇叶:蒲、荇,皆为水边的植物。③一派:一片。④呕哑:摇橹声。⑤翠钱:新生的荷叶。⑥鲛人:传说中的人鱼。⑦汨罗:屈原投水自尽的江。⑧香菰:即粽子。因用菰米做成,故称。⑨旗亭:即驿亭。因亭外一般有酒旗,故称。⑩阻风:逆风。

赏析

端午之日,正逢雨天,作者雨中凭眺,有感而发。民俗中端午节是纪念屈原的日子,词中描述所见之景,以及人们赛龙舟的盛况,侧面抒发了对屈原的凭吊之情。

摸鱼儿·送别德清蔡夫子①

问人生、头白京国，算来何事消得②？不如罨画清溪③上，蓑笠扁舟一只。人不识。且笑煮鲈鱼，趁著莼丝碧④。无端酸鼻，向歧路销魂，征轮驿骑，断雁⑤西风急。　　英雄辈，事业东西南北。临风因甚成泣。酬知⑥有愿频挥手，零雨凄其此日。休太息。须信道、诸公衮衮皆虚掷⑦。年来踪迹。有多少雄心，几番恶梦，泪点霜华织。

注释

① 德清蔡夫子：即蔡启僔（1619—1683），浙江湖州德清县人，顺天乡试主考官。② 消得：值得。③ 罨画清溪：指蔡启僔的故乡风景如画。④ 且笑煮鲈鱼，趁著莼丝碧：典出刘义庆《世说新语·识鉴》："张季鹰辟齐王东曹掾在洛，见秋风起，因思吴中菰菜羹、鲈鱼脍，曰：'人生贵得适意尔，何能羁宦数千里以要名爵？'遂命驾便归。"⑤ 断雁：失群孤雁。⑥ 酬知：酬知己。⑦ 诸公衮衮皆虚掷：此处化用杜甫《醉时歌》"诸公衮衮登台省，广文先生官独冷"。

赏析

康熙十年辛亥（1671年），纳兰性德参加顺天府乡试，当时徐乾学与蔡启僔为主考官。康熙十一年壬子科时，徐蔡两人因"副榜未取汉军卷"而被削职。康熙十二年癸丑，蔡启僔离京返乡，作者以弟子身份填此词，将悲戚不平、不忍分别、勉力慰藉等复杂微妙心绪一一抒写。

青衫湿·悼亡

青衫湿遍，凭伊慰我，忍①便相忘。半月前头扶病②，剪刀声、犹共银釭③。忆生来小胆④怯空房。到而今独伴梨花影，冷冥冥、尽意凄凉。愿指魂兮识路，教寻梦也回廊。

咫尺玉钩斜⑤路，一般消受，蔓草斜阳。判⑥把长眠滴醒，和清泪、搅入椒浆⑦。怕幽泉⑧还为我神伤。道书生⑨薄命宜将息，再休耽、怨粉愁香。料得重圆密誓，难禁寸裂柔肠。

注释

①忍：不忍。②扶病：拖着有病之身。③银釭：银制的灯台。这里指灯。④小胆：即胆小。⑤玉钩斜：古代埋葬宫女的墓地。这里指亡妻的坟茔。⑥判：通"拼"，甘愿。⑦椒浆：祭奠用的酒。⑧幽泉：坟茔。这里指长眠地下的妻子。⑨书生：作者自指。

赏析

"青衫湿"词牌为作者自创，想是其他成例都不能表达其此刻内心的悲痛。全词基调清冷，字字泣血。晚清词坛名家周之琦评价这首词说："虽非宋贤遗谱，其音节有可述者。"

忆桃源慢（斜倚熏笼）

斜倚熏笼，隔帘寒彻，彻夜寒如水。离魂①何处，一片月明千里。两地凄凉多少恨？分付药炉烟细。近来情绪，非关病酒②，如何拥鼻③长如醉。转寻思不如睡也，看道夜深怎睡。　　几年消息浮沉，把朱颜顿成憔悴。纸窗风裂，寒到个人衾被。篆字香消灯烛冷，忽听塞鸿嘹唳④。加餐千万⑤，寄声珍重，而今始会当时意。早催人一更更漏，残雪月华满地。

注释

①离魂：远游的人。②非关病酒：不是因为喝醉了酒。③拥鼻：曼声吟咏。④嘹唳：哀鸣。⑤加餐千万：即一定多吃点饭。

赏析

从词的内容看，似是怀友之作。由"一片月明千里"句，可知作者与所怀念之人相隔甚远。而且"几年消息浮沉"，显然是多年未见，信息也不能顺利相通。塞外苦寒之夜，作者彻夜无眠，此时更能体会那人叮嘱他的"加餐千万，寄声珍重"所蕴含的无限深情。

翦梧桐（新睡觉）

新睡觉，正漏尽、乌啼欲晓。任百种思量，都来拥枕，薄衾颠倒。土木形骸①，分甘②抛掷，只平白占伊怀抱。听萧萧③一剪梧桐，此日秋声重到。　若不是忧能伤人，怎青镜、朱颜易老④。忆少日清狂，花间马上，软风斜照。端的⑤而今，误因疏起，却懊恼、殢⑥人年少。料应他此际闲眠，一样积愁难扫。

注释

①土木形骸：指形体像土木一样。比喻人的本来面目，不加修饰。典出刘义庆《世说新语·容止》："刘伶身长六尺，貌甚丑悴，而悠悠忽忽，土木形骸。"②分甘：分享甘美之味。③萧萧：本指风声。这里指风。④怎青镜、朱颜易老：为什么青铜镜里的红润容颜，这么容易衰老？⑤端的：确实。⑥殢：滞留。这里指耽搁。

赏析

词题也作"湘灵鼓瑟"。这首词的核心是"懊恼"二字。作者刚从睡梦中醒来，听到更漏、乌啼声，看那天要亮了。想要继续睡，可是各种思绪纷至沓来，拥被难眠。想到自己如土木般的身躯，白白耽误她，内心无限忧愁。年轻时候也曾"花间马上"，轻狂不知愁滋味。想她大概此刻也和自己一样，心中忧愁积聚，难以排遣。

大酺·寄梁汾

怎一炉烟，一窗月，断送朱颜如许。韶光犹在眼，怪无端吹上，几分尘土。手捻残枝，沉吟往事，浑似前生无据。鳞鸿①凭谁寄，想天涯只影，凄风苦雨。便斫损吴绫、啼沾蜀纸②，有谁同赋。 当时不是错，好花月、合受③天公妒。准拟倩④、春归燕子，说与从头，争⑤教他、会人言语。万一离魂遇，偏梦被⑥、冷香萦住。刚听得、城头鼓。相思何益，待把来生祝取。慧业⑦相同一处。

①鳞鸿：即鱼雁，信使。这里代指书信。②便斫（yà）损吴绫，啼沾蜀纸：吴绫，江浙一带的细绢，可用于书写；蜀纸，蜀地所造之纸。③合受：应该受。④准拟倩：打算请。⑤争：怎。⑥偏梦被：此为倒装，当是"梦偏被"。⑦慧业：缘分。

赏析

顾贞观南归后，纳兰性德多次赋诗词寄赠，这首词也是其中之一。词上片写别后思念，没有人一起吟诗作词，倍感孤独。"当时不是错"句为过渡句，承上启下。下片作者放开思绪，肆意畅想，想那燕子学会人语等等，脱离常理，权当安慰自己之语。纳兰性德词作中少见慢词，此篇不失为慢词中的灵性佳作。

卷五

忆王孙（暗怜双绁郁金香）

暗怜双绁^①郁金香，欲梦天涯思转长。几夜东风昨夜霜，减容光。莫为繁花又断肠。

注释

① 绁（xiè）：本指绳索，这里指系、拴。

赏析

这首词起句写"郁金香"，让人以为这是一首咏物词。郁金香并非中国本土花卉，据说是唐贞观年间大唐使者王玄策出使天竺（今印度），天竺国王遣使回访时带入唐朝的，一同传入的还有菩提树和菠菜。至清朝时，郁金香已经为历代文人墨客吟咏。不过，"双绁"二字，表明了作者的真意：还是写人。"双绁"有成双成对的郁金香之意，类似连理枝、并蒂花。也有认为"双绁"指女子的袜子，"双绁郁金香"指绣有郁金香的女子袜子。阅读全词，可见此词写的是一位闺中女子的思恋，言语淡然，平静中见波澜。

忆王孙（刺桐花底是儿家）

刺桐花底是儿家，已拆秋千未采茶。睡起重寻好梦赊^①，忆交加。倚著闲窗数落花。

注释

① 赊（shē）：本指买东西延期付款，这里指遥远。王勃《滕王阁序》："北海虽赊，扶摇可接。"

赏析

这是一首短小精致的小令。小令虽然字少句短，但往往比长调更难驾驭。这首词以轻轻几笔，即勾画出一个天真烂漫的少女形象。结语"倚著闲窗数落花"，似是无情却有情，精妙自然。全词生动清新，近乎口语，有生活气息。

调笑令（明月）

明月，明月，曾照个^①人离别。玉壶红泪^②相偎，还似当年夜来。来夜，来夜，肯把清辉^③重借？

注释

①个：助词，没有实际意义。②玉壶红泪：美人眼泪。玉壶典出晋王嘉《拾遗记》。魏文帝时，民女薛灵芸被选入官，别时泪下沾衣，以玉唾壶承泪，壶中泪凝似血。文帝宠幸灵芸，改其名曰夜来。③清辉：月光。

赏析

"调笑令"又名"转应曲""三台令"。此词首句化自冯延巳"明月，明月，照得离人愁绝"句，写月下离别。又用薛灵芸的典故，表达深切的思念之情。全词句短情深，意境悠远，显出纳兰性德的精妙才华。

忆江南（江南好，建业旧长安）

江南好，建业旧长安。紫盖^①忽临双鹢^②渡，翠华^③争拥六龙^④看。雄丽却高寒。

注释

①紫盖：即紫色车盖，为帝王仪仗之一。专借指帝王车驾。②双鹢（yì）：鹢，一种似鹭的水鸟。双鹢，绘有鹢鸟的船，此处指皇帝的游船。③翠华：用翠羽为饰的旗幡，为帝王仪仗之一。④六龙：指皇帝车驾。古代皇帝的车驾用六匹马驱使，古礼"马八尺以上为龙"，故称六龙。

赏析

"忆江南"本为唐教坊曲名，后用作词牌名，又名"望江南""梦江南""江南好"等。此词作于清康熙二十三年（1684

年）九月末至十一月末，纳兰性德随扈康熙皇帝巡幸江南时，是作者江南十首组词之一。这首词歌咏南京繁华，感慨叹息其历史更迭。

忆江南（江南好，城阙尚嵯峨）

江南好，城阙尚嵯峨。故物陵前惟石马①，遗踪陌上有铜驼②。玉树③夜深歌。

注释

①石马：石雕的马。②铜驼：指铜驼街，古代著名的繁华之地。典出晋陆机《洛阳记》："洛阳有铜驼街，汉铸铜驼二枚，在宫南四会道相对。"③玉树：即《玉树后庭花》，为南朝陈后主所制，被后人称作亡国之音。

赏析

词为江南十首组词之一，这一首仍然写的是南京见闻。"故物陵前"之"陵"为明太祖朱元璋的孝陵。明末清初，孝陵毁于兵火。作者到访，看见其陵萧索景象，有此兴亡之叹。

忆江南（江南好，怀古意谁传）

江南好，怀古意谁传？燕子矶①头红蓼②月，乌衣巷③口绿杨烟。风景忆当年。

注释

①燕子矶：在南京东北郊观音门外的长江边，状如飞燕，为南京名胜之一。②红蓼（liǎo）：一种草本植物。③乌衣巷：在南京秦淮河边，旧时繁盛之地。

赏析

词为江南十首组词之一。燕子矶位于南京郊外，是南京首屈一指的胜地。乌衣巷，曾是王谢豪门故居所在。作者眼望"红蓼""绿杨",发思古之情,不知他想起了什么。当年纳兰忆王谢,如今后人忆纳兰,大概感受类似。

忆江南(江南好,虎阜晚秋天)

江南好,虎阜①晚秋天。山水总归诗格②秀,笙箫恰称③语音圆。谁在木兰船?

注释

①虎阜(fù):即虎丘,在江苏省苏州市,丘如蹲虎,故以形名。②诗格:诗之风格。这里指山水富有诗意。③称:相称。这句的意思是笙箫之音与圆润的吴语相称。

赏析

此词为江南十首组词之一。虎丘一名海涌山,春秋时吴王阖闾葬于此。传说阖闾葬后三日,有虎踞其上,因此人们将之命名为虎丘。还有一种说法,宋代朱长文认为"丘如蹲虎",虎丘是因为其形状得名。纳兰性德随扈皇帝到访苏州,虎丘这样的历史名胜必定不会错过。词中表达了对苏州的留恋之情。苏州的山水、苏州人说的吴侬软语,都给作者留下深刻印象。

忆江南(江南好,真个到梁溪)

江南好,真个到梁溪①。一幅云林②高士画,数行泉石故人题。还似梦游非?

注释

①梁溪:水名,在江苏省无锡市。因于梁时疏浚,故名。②云林:指元代画家倪云林,擅绘山水。

赏析

此词为江南十首组词之一。梁溪在无锡以西,原本是一条窄河,梁朝时被疏浚,因此得名梁溪。梁溪也曾作无锡的代称。无锡是纳兰性德好友顾贞观的故乡，作者所写的"故人"，顾贞观应是其中之一。作者另外一位好友严绳孙也是无锡人，他善书画，有"倪瓒"之誉。作者此词，写的是随扈游览途中，所到之处都是初见，却偶然见到朋友的题赞。此情此景，让作者惊喜莫名，仿佛与友同游，恍惚如在梦中。

忆江南（江南好，水是二泉清）

江南好，水是二泉①清。味永出山那②得浊，名高有锡更谁争？何必让中泠③。

注释

①二泉：指江苏无锡之惠山泉，被称为"天下第二泉"，水质极佳。②那：哪，怎么。③中泠：即中泠泉，在江苏镇江市，有"天下第一泉"之称。

赏析

此词为江南十首组词之一。"二泉"水质极佳，适合煎茶，宋徽宗时这泉水曾为宫廷贡品。清代康熙、乾隆两位皇帝下江南时，也多有题赞。纳兰性德品尝"二泉"，认为其清澈味美，与"天下第一泉"不相伯仲。

忆江南（江南好，佳丽数维扬）

江南好，佳丽数维扬①。自是琼花②偏得月，那应金粉③不兼香。谁与话清凉？

注释

①维扬：即今江苏扬州。②琼花：古时传说扬州琼花天下第一。③金粉：当指琼花的花蕊之粉。

赏析

此词为江南十首组词之一。"维扬"是扬州的别称。这里的

"佳丽"应是以景拟人，写扬州风景之美。扬州风景，一是琼花，二是月色，名闻天下。关于扬州琼花，曾有这样的句子："维扬一株花，四海无同类。"关于扬州月色，唐代诗人徐凝诗中有这样的句子："天下三分明月夜，二分无赖是扬州。"

忆江南（江南好，铁瓮古南徐）

江南好，铁瓮①古南徐②。立马江山千里目，射蛟风雨百灵③趋。北顾④更踌躇。

注释

①铁瓮：即铁瓮城，在今镇江北固山。为三国时孙权所建。亦称润州城。②南徐：即今江苏镇江。③百灵：各路神灵。④北顾：指往北看。一说指北固山，因北固山亦称北顾山。

赏析

此词为江南十首组词之一。关于铁瓮，唐杜牧《润州》之二有诗句说："城高铁瓮横强弩，柳暗朱楼多梦云。"南徐是镇江旧称。北固山，在今江苏镇江市北。《世说新语·言语》写道："荀中郎在京口，登北固望海云：'虽未睹三山……'""荀中郎"即东晋将领荀羡。梁武帝也曾登此山，认为是京口壮观之景，将其改名"北顾"。南宋建炎四年（1130 年），名将韩世忠曾在这里大败金朝将领金兀术。

忆江南（江南好，一片妙高云）

江南好，一片妙高①云。砚北峰峦米外史②，屏间楼阁李将军③。金碧矗斜曛④。

注释

①妙高：即妙高山，镇江金山之最高处，常为浮云缭绕。②米外史：北宋画家米芾，别号海岳外史，擅绘山水。③李将军：

即李思训，字建睍，为唐宗室，擅绘山水。④ 斜曛：夕阳余晖。

此词为江南十首组词之一。妙高山作为镇江最高峰，上有妙高台，是宋代僧人了元所建。妙高山最有名的景致，就是祥云缭绕，终年不去。作者在这仙雾缭绕的妙高台上极目远望，想必是大饱眼福，感叹名家圣手所绘图画确实真实不虚。

忆江南（江南好，何处异京华）

江南好，何处异京华①？香散翠帘②多在水，绿残红叶胜于花。无事③避风沙。

①京华：京城。②翠帘：翠绿的帘子。③无事：无须。

此词为江南十首组词之一。作者这次江南之行，途中感慨良多，创作了许多作品，这十首小令是其中一组。作词为组，超越了小令的体裁限制，各小令各自独立，又浑然一体。本首小令，是江南之行的总述。结句"无事避风沙"可解为江南气候温润，景物不受风沙侵袭，也可解为作者此行心情舒畅、远离京城纷扰，一语双关。

忆江南（新来好，唱得虎头词）

新来好，唱得虎头①词。一片冷香唯有梦，十分清瘦更无诗②。标格③早梅知。

①虎头：东晋画家顾恺之，小字虎头。这里指纳兰性德好友顾贞观。②一片冷香唯有梦，十分清瘦更无诗：此句皆顾贞观《浣溪沙·梅》中的原句。③标格：风范，风致。

赏析

这是纳兰性德回赠好友顾贞观的词。词中的"虎头词",指顾贞观客居苏州时所填之词。虎头,原指东晋画家顾恺之,因为其小字为"虎头"。顾贞观与顾恺之同是无锡人,而且同姓顾,因此借"虎头"指顾贞观。本词表达了作者对顾贞观的思念和赞赏。

点绛唇·寄南海梁药亭①

一帽征尘,留君不住从君去。片帆何处? 南浦沉香②雨。

回首风流,紫竹村边住。孤鸿语,三生定许,可是梁鸿③侣。

注释

① 梁药亭:即梁佩兰(1630—1705),字芝五,号药亭、柴翁。清初著名诗人,与屈大钧、陈恭尹并称"岭南三大家"。梁药亭是纳兰性德好友。②南浦沉香:南浦,向南的水边,泛指离别之地,张元幹《贺新郎》有"更南浦,送君去";沉香,即沉香浦,在广州。③梁鸿:东汉初人,是一位品性高洁的隐逸高人。梁鸿与其妻相敬如宾,传为美谈。《后汉书·梁鸿传》:"为人赁舂,每归,妻为具食,不敢于鸿前仰视,举案齐眉。"

赏析

这是一首赠别友人词。作者想要留住好友梁佩兰,但是无能为力。想到他就要踏上路途,回到家乡去了,忍不住想起昔日在紫竹村的情景。朋友还没有离开,已经开始无限怀念了。文中的"沉香雨",即沉香浦的雨。沉香浦在南海(广州市西郊之江滨),相传晋代广州刺史吴隐之曾投沉香于其中,因而得名。这里"沉香雨"句,是说梁佩兰要回到多雨的家乡去了。"孤鸿""三生""梁鸿"三处用典,表现了作者与朋友之间的不舍、深情、志趣相投。

浣溪沙（十里湖光载酒游）

十里湖光载酒游，青帘低映白蘋洲①。西风听彻采菱讴②。　　沙岸有时双袖③拥，画船何处一竿收。归来无语晚妆楼。

注释

①白蘋洲：在江苏吴兴霅（zhá）溪，这里不是确指，只指长满白蘋的沙洲。温庭筠《梦江南》有"斜晖脉脉水悠悠，肠断白蘋洲"。②采菱讴：女子采菱时唱的歌。③双袖：此处代指美丽的女子。

赏析

这是一首写江南风景的词。全词以白描手法描写江南景物，清丽淡雅，表达出作者对隐士的赞赏和对隐居生活的向往。

浣溪沙（脂粉塘空遍绿苔）

脂粉塘①空遍绿苔，掠泥营垒燕相催。妒他飞去却飞回。　　一骑近从梅里②过，片帆遥自藕溪③来。博山④香烬未全灰。

注释

①脂粉塘：相传为西施沐浴之溪。②梅里：地名，在江苏无锡东南。③藕溪：地名，在无锡西北。④博山：即博山炉，一种香炉。

赏析

此篇写闺中女子的离怨。上片写实景，女子看到春绿草木，燕子衔泥，心生凄凉。下片结构与上片相同，也是前两句写景，后一句抒情。不过，下片的景是虚笔，是女子的想象。整首词语句家常，情调清新。

浣溪沙·大觉寺

燕垒空梁画壁寒，诸天花雨①散幽关。篆香清梵②有无间。　　蛱蝶乍从帘影度，樱桃半是鸟衔残。此时相对一忘言③。

注释

①诸天花雨：诸天，佛家语，指各天神；花雨，佛家语，谓神界众仙为赞佛说法之功德而散如雨之花。②清梵：指寺僧诵经声。③忘言：即已心领神会，不需要用语言表达。

赏析

此词写的大觉寺，或为河北省涞县北横山大觉寺（又名横山寺），或为北京西北郊群山台之大觉寺。词由内而外，上片写大觉寺内景，下片写外景，上下片动静结合，意蕴悠然，隐含伤感。

浣溪沙（抛却无端恨转长）

抛却无端恨转长①，慈云稽首返生香②。妙莲花说③试推详。　　但是有情皆满愿，更从何处著思量。篆烟残烛并回肠。

注释

①抛却无端恨转长：本想丢开无端的愁绪，没想到愁绪反而更加深重。无端，指愁绪没有来由。②慈云稽首返生香：慈云，佛家语，佛以慈悲为怀，如云泽被世界；稽首，一种庄重的跪拜礼；返生香，回头发现，愁绪已消散，抑怀顿开。③妙莲花说：谓佛家妙法。

赏析

这是一首悼亡词。作者思念亡妻，烦恼无法排遣，只能乞佛求道。上片写拜佛、祈愿场景。下片写奇迹并未发生，作者心知一切都是自我安慰罢了，悲戚愁苦之情更深一层。词中的"妙莲花"，指的是《妙法莲华经》，"花"通"华"。

浣溪沙·小兀喇

桦屋鱼衣柳作城①，蛟龙鳞动浪花腥。飞扬应逐海东青②。犹记当年军垒迹，不知何处梵钟声。莫将兴废话分明。

注释

①桦屋鱼衣柳作城：桦屋，桦木建造的房屋；鱼衣，鱼皮制作的衣服，赫哲族人常见的装束；柳作城，插柳枝围成的藩篱。②海东青：一种似雕的猛禽，可豢养以捕猎。

赏析

作者重到当年祖先生活、征战之地，有感而发而作此词。词上片写小兀喇的特色与风情，那里的人们住在桦木建造的房子里，弓箭袋是鱼皮做的，城墙是用柳木围成的，生活环境原始、恶劣。下片"莫将"句点明主旨，说是不分明，实际已分明。

浣溪沙·姜女祠①

海色残阳影断霓②，寒涛日夜女郎祠。翠钿尘网上蛛丝。澄海楼③高空极目，望夫石④在且留题。六王如梦祖龙非⑤。

注释

①姜女祠：即孟姜女祠，又称贞女祠，在山海关附近。②断霓：断虹。③澄海楼：在山海关，高三丈余，俯临大海。④望夫石：相传古代一女子，在山头上日夜盼夫归来，最后身化为石。这里指姜女祠后的望夫石。⑤六王如梦祖龙非：六王，指被秦所灭的韩、赵、魏、楚、燕、齐六国；祖龙，指秦始皇。

赏析

词中"海色""寒涛""澄海楼"等语，点明此词作于山海关。上片由景起，海色映残阳，浪涛翻涌，姜女祠结满尘网蛛丝。当年完成一统大业的秦始皇已经如大梦一场，消失不见，只有那题满词句的望夫石还在。作者抚今追昔，感慨百姓疾苦，批判战争的残酷，表现了对劳动人民的同情。

菩萨蛮（客中愁损催寒夕）

客中愁损催寒夕①，夕寒催损②愁中客。门掩月黄昏，昏黄月掩门。　　翠衾孤拥醉，醉拥孤衾翠。醒莫更多情，情多更莫醒。

注释

①愁损催寒夕：愁损，为愁而消瘦；催寒夕，盼望冷天尽快过去。②催损：快速消瘦。

赏析

这首词也许是作者行役途中的文字游戏，打发枯燥时光之作。不过，笔触不见轻率，一唱三叹，也是一首颇具艺术性的词作。

菩萨蛮（研笺银粉残煤画）

研笺银粉残煤画①，画煤残粉银笺研。清②夜一灯明，明灯一夜清。　　片花惊宿燕，燕宿惊花片。亲自梦归人，人归梦自亲。

注释

①研笺银粉残煤画：研笺，压印有图画的信笺；煤，即墨，因同为黑色，都为块状，故名。②清：凄冷，萧索。

赏析

清代词人聂先（字晋人）曾评价纳兰性德说：笔花四照，一字动移不得。这首回文词结构巧妙，可映照聂先评语。

菩萨蛮（飘蓬只逐惊飙转）

飘蓬只逐惊飙①转，行人过尽烟光远②。立马认河流，茂陵③风雨秋。　　寂寥行殿锁④，梵呗琉璃火⑤。塞雁与宫鸦，山深日易斜。

注释

①逐惊飙：随着狂风。逐，随着；惊飙，狂风。②烟光远：远方的烽烟。这里指远方野火的烟。③茂陵：原指汉武帝的陵墓，在西安西北。这里指明茂陵，是明宪宗的陵墓。④行殿锁：行殿，本指行宫，这里指茂陵。锁，阴森。⑤梵呗琉璃火：梵呗，指僧人做法事时的颂赞之声；琉璃火，琉璃灯。

赏析

这是一首记游之作，在众多访古词中，殊为别致。起句"飘蓬只逐惊飙转"，写出人事飘零，不知身归何处。"行人"句将目光拉远，有时空壮阔之感。转而"立马认河流"，可解为实写，也可解为虚写，有以史鉴今之意。"茂陵风雨秋"，接得自然顺畅。下片写茂陵之景，字句工整，节奏铿锵。读罢全词，有富贵如浮云、贵胄皆黄土之感。

采桑子（那能寂寞芳菲节）

那①能寂寞芳菲节，欲话生平。夜已三更，一阕悲歌泪暗零。　　须知秋叶春花促②，点鬓星星。遇酒须倾③，莫问千秋万岁名。

注释

①那：哪。②秋叶春花促：秋叶春花，指岁月；促，短暂，也可以理解为催促。根据对"促"的不同解释，连着的两句有两

191

卷

五

种理解：其一是岁月短暂，不知不觉已经双鬓斑白；其二是岁月催人，不觉双鬓斑白。③遇酒须倾：遇酒须倾杯畅饮，指喝个痛快。

赏析

　　这是一首伤春词，表惜时之意。春天花草繁盛，本应高兴，作者却倍感寂寞，并且"一阕悲歌泪暗零"。进而感慨人生，时光年年催人老。不如学李白，"且乐生前酒一杯，何须身后千载名"。不过，相对于李白的豁达豪迈，纳兰词更偏哀凄消极，遂为"遇酒须倾，莫问千秋万岁名"。

采桑子·九日①

　　深秋绝塞②谁相忆？木叶萧萧。乡路迢迢，六曲屏山③和梦遥④。　　佳时倍惜风光别⑤，不为登高。只觉魂销，南雁归时更寂寥。

注释

　　①九日：即农历九月初九。古人在这一天有登高的习惯。②绝塞：指极荒凉的边塞。③六曲屏山：即屏风。代指故园。因屏风曲折如山，故名。也有人说，因为屏风上绘有山水图画等，故名。④和梦遥：像梦一样遥远。⑤佳时倍惜风光别：当此重阳佳节，倍加不忍回首当初惜别故园时的情景。

赏析

　　这首词是纳兰词中少见的壮阔短词，下笔简练，写尽天涯行旅的悲苦。其中，"不为登高。只觉魂销"，融合杜牧"青山隐隐水迢迢，秋尽江南草未凋"、王维"遥知兄弟登高处，遍插茱萸少一人"之意境，化用精妙。

采桑子（海天谁放冰轮满）

海天谁放冰轮^①满？惆怅离情。莫说离情，但值凉宵总泪零。　　只应碧落^②重相见，那是今生。可奈^③今生，刚作愁时又忆卿。

注释

①冰轮：明月，月亮。②碧落：天上。③可奈：怎奈。

赏析

这首词是悼亡词，与苏轼《江城子》类似，都是借月抒怀。只是，相比于苏轼"千里孤坟""短松冈"的具体回忆，本词更侧重抒写当前情感。对于纳兰性德来说，此时对卢氏之逝仍然未能放手，思妻之情凄惋入骨，眼前心上都是她。

采桑子（白衣裳凭朱阑立）

白衣裳凭朱阑立^①，凉月趖西^②。点鬓霜微，岁晏^③知君归不归？　　残更目断传书雁，尺素^④还稀。一味相思，准拟^⑤相看似旧时。

注释

①白衣裳凭朱阑立：化自王彦泓《寒词》"白衣裳凭赤阑干"。②趖（suō）西：太阳偏西。趖，走。③岁晏：年末。晏，晚。④尺素：代指书信。⑤准拟：料想。

赏析

"采桑子"又称"罗敷媚""丑奴儿"。由"岁晏知君归不归"一句，可知这是一首岁末怀人之作。作者月下长立窗前，两鬓已白，心中盼着书信到来。不见书信，只能"一味相思"。其中"相思"二字为全词点睛之笔。

清平乐（麝烟深漾）

麝烟深漾①，人拥缑笙氅②。新恨暗随新月长，不辨眉尖心上。　　六花③斜扑疏帘，地衣红锦轻沾。记取暖香如梦，耐他一晌寒严④。

注释

①麝烟深漾：麝香的烟袅袅升腾。②缑（gōu）笙氅：一种披风。缑，本指刀剑等柄上所缠的绳。典出刘向《列仙传·王子乔》："王子乔者，周灵王太子晋也。好吹笙，作凤凰鸣。游伊洛之间，道士浮丘公接以上嵩高山。三十余年后，求之于山上，见桓良曰：'七月七日待我于缑氏山巅。'至时，果乘白鹤驻山头，望之不得到，举手谢时人，数日而去。"③六花：指雪花，因雪花六瓣。④耐他一晌寒严：此为倒装，当是"耐他寒严一晌"。意即忍受一会儿酷寒。

赏析

这是一首悼亡词。词上片主要写作者穿丧服而坐，在烟雾缭绕中泛起无限哀思。下片写过往如梦，身心俱冷。词中"缑笙氅"，借指丧服。"眉尖心上"四字，见于范仲淹《御街行》词"都来此事，眉间心上，无计相回避"，李清照《一剪梅》词中也有"此情无计可消除，才下眉头，却上心头"之句。

眼儿媒（林下闺房世罕俦）

林下闺房世罕俦①，偕隐②足风流。今来忍③见，鹤孤华表④，人远罗浮⑤。　　中年定不禁哀乐，其奈忆曾游。浣花⑥微雨，采菱斜日，欲去还留。

注释

①林下闺房世罕俦（chóu）：典出《世说新语·贤媛》："谢遏

绝重其姊，张玄常称其妹，欲以敌之。有济尼者，并游张谢二家，人问其优劣，答曰：'王夫人神情散朗，故有林下风气；顾家妇清心玉映，自是闺房之秀。'"俦，同类。②偕隐：指夫妻一同隐居。③忍：即认。④鹤孤华表：鹤孤，因鹤高飞于云天，故古人谓其清高孤傲；华表，古代宫殿或陵墓前立的石柱。⑤罗浮：即罗浮山，在广东。东晋葛洪曾在此修道。⑥浣花：即浣花溪，在成都，为锦江支流。

赏析

　　此词似是悼亡，又似是访旧。词中"林下"本指隐居之处，此处指"林下风气"之意。罗浮指"罗浮山"，寓指往日富贵生活。"鹤孤华表"，有斯人已逝之意。这首词表达了作者对隐居生活的神往，又有"身不能至"的伤感。

眼儿媚·咏红姑娘①

　　骚屑②西风弄晚寒，翠袖倚阑干。霞绡③裹处，樱唇微绽，鞓鞶④红殷。　　故宫⑤事往凭谁问？无恙是朱颜。玉墀争采⑥，玉钗争插，至正⑦年间。

注释

　　①红姑娘：即酸浆草，六七月开白花，其实绛红。杨慎《丹铅总录·花木·红姑娘》引明徐一夔《元故宫记》说："金殿前有野果，名红姑娘，外垂绛囊，中空有子，如丹珠，味酸甜可食，盈盈绕砌，与翠草同芳，亦自可爱。"②骚屑：指风声。③霞绡：绚丽的丝织品。这里指红姑娘的花萼。④鞓鞶：这里指红色的宝石。⑤故宫：旧时宫殿。这里指元宫殿。⑥玉墀争采：指元宫女们争着在宫殿前采红姑娘。⑦至正：是元惠宗的第三个年号，公元1341—1370年。

赏析

　　词上片主要描摹"红姑娘"颜色、形态。下片话锋一转：野果尚存，王朝早为陈迹。结句所说"至正年间"，有其深意。至正是元惠宗第三个年号，当时政治腐败，民不聊生，义军蜂拥而起，王朝覆灭近在眼前。作者用此典故，隐言兴亡故事，有讽谏意味。

眼儿媚·中元夜有感

手写香台金字经①，惟愿结来生。莲花漏转，杨枝露②滴，相鉴微③诚。　欲知奉倩神伤极④，凭诉与秋擎⑤。西风不管，一池萍水，几点荷灯。

注释

①手写香台金字经：香台，指佛殿；金字经，指佛经。②杨枝露：佛教中传说能使万物复苏的甘露。③微：本义是隐匿的。这里指内心的。④奉倩神伤极：奉倩是三国魏人荀粲的字，他的妻子病故，他"不哭而神伤"。⑤秋擎：秋灯，荷灯。

赏析

中元夜是祭祀逝者之时。作者手抄金经，祭奠卢氏，祈求来生再续前缘。全词侧重叙事，只在结尾借西风之无情反衬内心无限悲痛之情。

满宫花（盼天涯）

盼天涯，芳讯绝。莫是①故情全歇。朦胧寒月影微黄，情更薄于寒月。　麝烟销，兰烬②灭。多少怨眉愁睫。芙蓉莲子待分明，莫向暗中磨折。

注释

①莫是：莫非是。②兰烬：蜡烛的余烬。

赏析

这是一首拟古之作。词以女子口吻写，上片责怪对方薄情，下片写自己决心做个决断，从痛苦相思中解脱出来。"芙蓉莲子待分明"，化自《乐府诗集·清商曲辞一·子夜四时歌·夏歌之八》中"乘月采芙蓉，夜夜得莲子"的句子。

少年游（算来好景只如斯）

算来好景只如斯，惟许①有情知。寻常风月，等闲谈笑，称意即相宜。　　十年青鸟②音尘断，往事不胜思。一钩残照③，半帘飞絮，总是恼人时。

注释

①惟许：只是希望。②青鸟：即青鸾，传说中西王母的信使。③一钩残照：一弯残月。

赏析

这首词写的是少年时恋情失败的隐痛。曾经两情相许，朝朝暮暮。"十年"的时间过去，早断了音信。偶尔想起往事，还是心中隐隐作痛。全篇简洁清新，质朴而不失婉约之美。

浪淘沙·望海

蜃阙①半模糊，踏浪惊呼。任将蠡测②笑江湖。沐日光华还浴月，我欲乘桴③。　　钓得六鳌无？竿拂珊瑚。桑田清浅问麻姑④。水气浮天天接水，那是蓬壶⑤。

注释

①蜃阙：即海市蜃楼。②蠡（lí）测：即"以蠡测海"，以瓠瓢测量海水。比喻见识短浅。③桴（fú）：竹筏。④麻姑：传说中的神仙，见证了沧海变桑田。⑤蓬壶：即蓬山和壶山，都是传说中的神山。

赏析

词中多处用典，神话传说、历史故事信手拈来，巧妙书写大海的美丽壮阔。例如，词中"六鳌"，就源自古代神话。传说有五座仙山位于渤海之东，它们分别是岱舆、员峤、方壶、瀛洲、蓬莱。支撑着这五座仙山的，是十五只大鳌。有龙伯国的巨人垂下钓钩，钓走了六只大鳌，于是岱舆、员峤两座仙山漂到了北极，最终沉入大海，只剩下方壶、瀛洲、蓬莱三座仙山。

浪淘沙（双燕又飞还）

双燕又飞还，好景阑珊。东风那惜小眉弯①。芳草绿波吹不尽，只隔遥山。　　花雨②忆前番，粉泪偷弹。倚楼谁与话春闲？数到今朝三月二③，梦见犹难。

注释

①小眉弯：女子紧皱的眉头。②花雨：缤纷的落花。③三月二：古代在这一天前后，人们多结伴游春。

赏析

此词明写闺怨，实写自身离愁。词上片写景，描述春天美景，下片"忆"字一转，伤感铺陈而来。尤其是在结伴游春的时节，更显得形单影只，悲从心起。全词不言"愁"而愁自在其中。

鹧鸪天（谁道阴山行路难）

谁道阴山行路难？风毛雨血①万人欢。松梢露点沾鹰绁②，芦叶溪深没马鞍。　　依树歇，映林看，黄羊高宴簇金盘③。萧萧一夕霜风紧，却拥貂裘怨早寒。

注释

①风毛雨血：狩猎时禽兽毛雪纷飞的场面。②鹰绁：拴鹰的绳子。③黄羊高宴簇金盘：宴集的时候，黄羊肉堆得盘子高高的。簇，簇拥，这里指堆积。

赏析

纳兰词写塞外的作品中，多伤感悲戚之作，但此篇不同。首句"谁道阴山行路难，风毛雨血万人欢"，应是出自李白的《上皇西巡南京歌》之"谁道君王行路难，六龙西幸万人欢"，场面浩大，气势豪迈。接着写狩猎、宴饮场景。结句怨而不伤，似是席间人物谈笑之语。通读全篇，这大概是作者随康熙皇帝狩猎时所作。

鹧鸪天（小构园林寂不哗）

小构①园林寂不哗，疏篱曲径仿山家。昼长吟罢《风流子》②，忽听楸枰响碧纱③。　　　添竹石，伴烟霞，拟凭尊酒慰年华。休嗟髀里今生肉④，努力春来自种花。

注释

①小构：小规模的。②昼长吟罢《风流子》：白天填词赋诗。昼长，白天；《风流子》，"风流子"是词牌名。③忽听楸枰响碧纱：夜晚在屋里下棋。楸枰，围棋的棋盘；碧纱，碧纱窗。④髀（bì）里今生肉：大腿上长满赘肉，暗指衰老。髀，大腿。典出陈寿《三国志·蜀书·先主传》："荆州豪杰归先主者日益多，表疑其心，阴御之。"对此，裴松之注引司马彪《九州春秋》说："备住荆州数年，尝于表坐起至厕，见髀里肉生，慨然流涕。还坐，表怪问备，备曰：'常身不离鞍，髀肉皆消；今不复骑，髀里肉生。日月若驰，老将至矣。'"

赏析

这首词写的是作者理想的隐居生活。造一座安静的小园林，模仿山上人家一般做出疏篱曲径，白天和朋友吟诗唱和，晚间和朋友灯下对弈。再布置竹石、烟霞，和朋友一起把酒谈天。这样的生活，不会感到年华虚度，也不会感慨自己日渐衰老了。这首词明快喜悦，或是作者家中所建茅屋落成之后所作。

南乡子（何处淬吴钩）

何处淬①吴钩？一片城荒枕碧流②。曾是当年龙战地③，飕飕。塞草霜风满地秋。　　霸业等闲休，跃马横戈总白头。莫把韶华轻换了，封侯。多少英雄只废丘④。

注释

①淬（cuì）：即淬火。②一片城荒枕碧流：即一座荒城靠着一条河而建。③龙战地：古战场。④多少英雄只废丘：古往今来多少英雄，到头来都是长埋地下。废丘，荒凉的小山头，这里指掩埋英雄的坟茔。

赏析

这是一怀古之作。词中"吴钩"典出《吴越春秋·阖闾内传》。据记载，春秋时吴王阖闾命人制作"金钩"。有人杀掉自己的儿子，用他们的血涂在金属上，制成了两把钩献给了吴王。吴王问他，这两把钩有什么与众不同之处，那人对着钩呼唤两个儿子的名字，两把钩立刻飞起，插入制钩人胸口。吴王大惊，于是奖赏百金，从此将两把钩带在身边，从不离身。后来泛称宝刀、利剑为吴钩。作者用此典，引领全词意旨，可见功名霸业的残酷与悲凉。

鹊桥仙（月华如水）

月华如水，波纹似练，几簇淡烟衰柳。塞鸿一夜尽南飞，谁与问、倚楼人瘦？　　韵拈风絮①，录成金石②，不是舞裙歌袖。从前负尽扫眉才③，又担阁④、镜囊重绣。

注释

①韵拈风絮：这里化用谢道韫咏雪花的典故。②录成金石：这里化用李清照助赵明诚完成《金石录》的典故。③扫眉才：指

才华卓绝的女子。④担阁：即"耽搁"，辜负。

这首词是月下怀人之作。词上片写景，月华如水，淡烟衰柳，塞鸿南飞，人立高楼。下片写人，其人才华卓绝，可比谢道韫、李清照，可惜都被耽搁了。全篇以景衬情，哀婉动人，怀疑是写给沈宛的。

虞美人（绿阴帘外梧桐影）

绿阴帘外梧桐影，玉虎牵金井①。怕听啼鴂②出帘迟，恰到年年今日两相思。 凄凉满地红心草③，此恨谁知道？待将幽忆寄新词，分付芭蕉风定月斜时。

注释

①玉虎牵金井：用辘轳在井中打水。玉虎，即辘轳。②鴂（jué）：即伯劳鸟。伯劳飞常喻指夫妻离别。③红心草：亦称水杨梅。这里指美人的遗恨。

赏析

这首词抒写的是一个女子的绵长相思。开篇"绿阴帘外梧桐影"句，化自唐代白居易的《寒闺怨》诗中"寒月沉沉洞房静，真珠帘外梧桐影"。"怕听啼鴂出帘迟"，化用宋代张炎《高阳台·西湖春感》中的"莫开帘，怕见飞花，怕听啼鹃"，说明是暮春时节。"年年今日两相思"一句，柔美缠绵。

茶瓶儿（杨花糁径樱桃落）

杨花糁径①樱桃落，绿阴下、晴波②燕掠。好景成担阁③。秋千背倚，风态④宛如昨。 可惜春来总萧索，人瘦损、纸鸢⑤风恶。多少芳笺约。青鸾⑥去也，谁与劝孤酌。

①糁（sǎn）径：密密麻麻掉落在地上。糁，米粒。②晴波：晴日里的水波。③成担阁：成，被；担阁，即耽搁，这里指辜负。④风态：风貌。⑤纸鸢（yuān）：风筝。⑥青鸾：即青鸟，传说中西王母的信使。

赏析

杨花落满小路，樱桃散落，绿荫下有燕子从水面掠过，可惜这样好的景色无人欣赏。那靠着秋千架的背影，仿佛就在昨天。"人瘦损、纸鸢风恶"，有陆游"东风恶，欢情薄""春如旧，人空瘦"意蕴。难道作者与佳人，也仿佛当年陆游与唐婉一般，被人拆散？不得而知。只留下作者一个人月下独酌，心头悲凉无处诉说。

临江仙（点滴芭蕉心欲碎）

点滴①芭蕉心欲碎，声声催忆当初。欲眠还展旧时书。鸳鸯小字，犹记手生疏。　　倦眼乍低缃帙乱，重看一半模糊。幽窗冷雨一灯孤。料应情尽，还道有情无？

赏析

①点滴：雨打在芭蕉上的声音。

赏析

这是一首怀人之作。雨打芭蕉，声声入耳，本来要入睡的作者，睡不着了。起来翻看旧日的诗书，看到熟悉的字迹，想起当初她书写时还略带生疏的样子，忍不住落泪。孤灯一盏，夜阑人静，倍感孤寂。原以为已经情尽，可是心头还是放不下。从作者曾经亲见她读书写字一事，可知两人曾经一同居住，极为亲近，则作者所怀之人，或为妻子卢氏，或是某位侍妾。

蝶恋花·散花楼送客

城上清笳城下杵①。秋尽离人，此际心偏苦。刀尺②又催天又暮，一声吹冷蒹葭浦。　　把酒留君君不住。莫被寒云，遮断君行处。行宿黄茅山店路，夕阳村社③迎神鼓。

注释

①杵：捶衣的木棒。②刀尺：剪刀和尺，均为裁剪工具。③村社：旧时祭祀土地神。

赏析

这是一首别友之作。晚秋时节，草木萧索，作者送别友人，心中苦涩。词中的"蒹葭（jiá）"，同"蒹葭"，蒹是没长穗的荻，葭则是初生的芦苇。语出《诗经·秦风·蒹葭》"蒹葭苍苍，白露为霜。所谓伊人，在水一方"。虽然心中不舍，但无可挽留，只能祝福友人不被"寒云"遮断行路，一路平安了。有版本标注此词为"送见阳南行"，见阳即张见阳。纳兰性德与其是知交，两人曾结为异姓兄弟。康熙十八年（1679年），张见阳被任命为湖南江华县令，当时正是"平三藩"期间，清军刚收复江华不久，当地战火未息，因此作者字句间可见惜别与担忧之情。

金缕曲·再用秋水轩旧韵

疏影临书卷。带霜华、高高下下，粉脂都遣①。别是幽情嫌妩媚②，红烛啼痕休泫。趁皓月，光浮冰茧③。恰与花神供写照，任泼来、淡墨无深浅。持素障④，夜中展。　　残釭掩过看逾显⑤。相对处、芙蓉玉绽，鹤翎银扁⑥。但得白衣⑦时慰藉，一任浮云苍犬。尘土隔、软红偷免。帘幕西风人不寐，恁清光、肯惜鹨裘典⑧。休便把，落英剪。

注释

① 粉脂都遣：蒙着霜华的梅花，看不见花瓣。遣，消退、隐退。② 嫌妖媚：指梅花没有其他花的妖媚。③ 光浮冰茧：月下的梅花仿佛闪光的冰茧。冰茧，冰蚕织的茧。④ 素障：白绢屏障。⑤ 残钊（gāng）掩过看逾显：掩着灯看，梅花似乎更加清楚。钊，灯。⑥ 鹤翎银扁：薄薄的鹤的羽毛，这里指美化的花瓣。扁，薄。⑦ 白衣：送酒的人。这里代指酒。⑧ 鹔（shuāng）裘典：典当鹔裘。鹔裘，鹔鹴裘，用鹔鹴的羽毛缝制的裘。鹔鹴是传说中的神鸟。

赏析

用秋水轩韵所作之词，多为悲凉惆怅之作。这一篇借梅写人，也是如此。词写月夜梅花，带着霜华的清冷，没有庸俗脂粉气，高洁傲人。又将梅拟人，表示自己愿与梅为伍，任世事变迁，我自不改心志。词用赋法铺陈，生动描绘梅花神韵，隐现孤凄之感，令人惆怅。

补遗一

望江南月·咏弦月

初八月①，半镜上青霄。斜倚画阑娇不语，暗移梅影过红桥②。裙带北风飘。

注释

① 初八月：农历初八的月亮，上弦月。② 红桥：犹画桥。

赏析

这首词仅有五句，却有多层转折。前两句将上弦之月比作空中半镜，平淡家常。接着"斜倚画阑娇不语"，婉转含情。"暗移梅影"句，引人关切。结句写佳人走远，怅然若失。整首词情感跌宕起伏，浑脱超妙，做到了"方寸之间自有丘壑"。

鹧鸪天·离恨

背立盈盈①故作羞，手挼梅蕊打肩头。欲将离恨寻郎说，待得郎来恨却休。　　云澹澹，水悠悠，一声横笛锁空楼②。何时共泛春溪月，断岸垂杨一叶舟。

注释

① 盈盈：指女子姿仪万千的体态。② 横笛锁空楼：指笛声长久地在楼阁中袅绕徘徊。

赏析

此词上片写往日相会情形，女子含羞带俏，佯作娇嗔。一点离恨，都被幽会的喜悦冲散。下片写当前情形，天高水长，笛声断肠，看着岸边一条孤独的小舟，不知道什么时候才能再"共泛春溪"。全词不假雕饰，是一首清雅动人的爱情词。

明月棹孤舟·海淀①

一片亭亭空凝伫，趁西风霓裳遍舞②。白鸟惊飞，菰蒲③
叶乱，断续浣纱人语。　　丹碧④驳残秋夜雨，风吹去采菱
越女。辘轳声断，昏鸦欲起，多少博山情绪⑤？

注释

①海淀：在今北京西郊。当时，纳兰家的别墅就在此地。
②趁西风霓裳遍舞：荷花在西风中摇曳。③菰蒲：即菰和蒲，均
为在水边生长的植物。④丹碧：分别指荷花荷叶。⑤博山情绪：
即淡淡的愁绪。博山，即博山炉，这里指博山炉燃的香，因香袅
绕时似有若无，飘摇不定，与淡淡的愁绪有某种相似，故云。

赏析

"明月棹孤舟"又名"夜行船"，是始于元代的词牌名。词上
片写秋天时节海淀日景，下片写海淀夜景。日夜之间，对比强烈，
一和煦鲜活，一凄冷寂寥，犹如生命的两极，演绎着世间万物的
生息与沉寂。

临江仙（昨夜个人曾有约）

昨夜个人曾有约，严城①玉漏三更。一钩新月几疏星。
夜阑犹未寝，人静鼠窥灯。　　原是瞿唐风间阻②，错教人恨
无情。小阑干外寂无声。几回肠断处，风动护花铃。

注释

①严城：戒备森严的城。②原是瞿唐风间阻：原是，本来是；
瞿唐，即瞿塘峡，长江三峡之首，以滩险流急风恶著称；间阻，
阻隔。

赏析

这首词托女子口吻，写与人相约落空的事。词上片写候客不

至，一直等到深夜。其中"人静鼠窥灯"句，"窥"字用得极妙，充满了生活气息和画面感，以动写静，侧写人物情态。下片写那人不能赴约的原因，原来是"瞿唐风间阻"。瞿唐，也作"瞿塘峡"，是长江三峡之首，该处水猛风疾，航行困难。这里应是比喻阻挡对方赴约的意外变故。得知原因，误会消除，主人公很快原谅了对方。全词词句生动，情节起伏跌宕，结句余韵不绝。

望海潮·宝珠洞

漠陵①风雨，寒烟衰草，江山满目兴亡。白日空山，夜深清呗②，算来别是凄凉。往事最堪伤。想铜驼巷陌③，金谷④风光。几处离宫⑤，至今童子牧牛羊。　　荒沙一片茫茫，有桑乾一线，雪冷雕翔。一道炊烟，三分梦雨，忍看林表⑥斜阳。归雁两三行。见乱云低水，铁骑⑦荒冈。僧饭黄昏，松门⑧凉月拂衣裳。

注释

①漠陵：荒漠的陵墓。②清呗：清晰的诵经之声。③铜驼巷陌：即铜驼街，在古洛阳城中，道旁有汉铸铜驼，为古代著名的繁华之地。④金谷：在古洛阳城中。后代指繁华之地。⑤离宫：帝王的寝宫。⑥林表：林外。⑦铁骑：战马。⑧松门：门前有松树的门。这里指寺庙之门。

赏析

这是一首记游词。上阕先写远景，后写近景，抒发兴亡之叹。下阕结构相同。在远景近景切换之间，有虚笔，如"金谷风光""铁骑荒冈"。全词远近景自如切换、虚实相间，情绪收放有致，是纳兰词中的代表作之一。又，所谓"宝珠洞"，或为今北京西郊八大处的宝珠洞。在此处远眺，可见北京城、永定河、卢沟桥、昆明湖、玉泉山等。

忆江南（江南忆）

江南忆，鸾辂①此经过。一掬胭脂沉碧甃②，四围亭壁幛红罗。消息暑风多。

注释

① 鸾辂（lù）：帝王的车驾。辂，古代的一种大车。② 一掬胭脂沉碧甃：这里暗用陈后主携妃嫔投井避难的典故。南朝陈时，隋兵南下，陈后主与张丽华、孔贵嫔投井避难，后被隋兵发现。之后，陈后主与妃嫔所投之井被称为胭脂井。掬，本义为用手捧；胭脂，这里代指陈后主的妃嫔。

赏析

这是作者回忆江南之行的词作。康熙二十三年（1684年）十一月，作者随扈康熙皇帝南巡，途经南京，南京曾是南朝陈的都城。南陈最后一任皇帝陈后主在文学上颇有造诣，但做皇帝却是"怠政误国"，是陈朝的亡国之君，连带两位妃子也与他一起受难，作者对其有哀悯之意。结句"暑风多"，一方面可解为作者作此词时间，应是四五月间，另一方面，也可理解为世事多变，往事如风不可追。

忆江南（春去也）

春去也，人在画楼东。芳草绿黏天一角，落花红沁水三弓①。好景共谁同？

注释

① 弓：旧时丈量土地用的器具和计算单位。

赏析

这是一首伤春之作。在作者回忆中，那是江南暮春时节，芳草落花，风景如画。可惜，这美景无法挽留，也无人共赏，心情无限惆怅。

赤枣子（风淅淅）

风淅淅，雨纤纤①，难怪春愁细细添。记不分明疑是梦，梦来还隔一重帘。

注释

① 风淅淅，雨纤纤：淅淅、纤纤，形容风雨柔细绵密。

赏析

这是一首以少女口吻书写的春愁词。风雨绵绵，少女心中的愁绪也细密地增长。神思飘忽，疑心是在梦中，想看清楚，却还隔着一层帘幕，不能靠近。全篇以寥寥数笔，书写了一种难以名状的朦胧心绪，虚虚实实，柔婉清丽，有花间词特点。

玉连环影（才睡）

才睡，愁压衾花①碎。细数更筹②，眼看银虫③坠。梦难凭，讯难真，只是赚伊终日两眉颦。

注释

①衾花：被子上绣的图案。衾，被子。②更筹：古代夜间报更用的计时竹签。③银虫：烛花。

赏析

《玉连环影》词谱或已失传，这首词大概是由纳兰性德根据其他词牌增减后自创的。此词题材寻常，却被作者写出新意。起首"才睡"句，如家常絮语。继而"愁压"句，新奇生动。看灯花，数更筹，忍不住想起伊人情形。大概她因为梦境不可信，信息难辨真假，而整天皱着两弯眉毛吧。全词生动细腻，自然而有韵致。

如梦令（万帐穹庐人醉）

万帐穹庐①人醉，星影摇摇欲坠。归梦隔狼河②，又被河声搅碎。还睡，还睡，解道醒来无味。

注释

①穹庐：即蒙古包，少数民族所住的毡帐，中央隆起，四周下垂，形状似天，故称穹庐。②狼河：即今辽宁的大凌河。

赏析

这是一首塞外抒怀之作。根据"隔狼河"之句推测，这首词应是纳兰性德于康熙二十一年（1682 年）随扈东巡时所作。词中描写了深沉的思乡之情，以及对侍卫生活的厌倦。

天仙子（月落城乌啼未了）

月落城乌啼未了①，起来翻②为无眠早。薄霜庭院怯生衣③，心悄悄，红阑绕。此情待共谁人晓？

注释

①啼未了：不住地啼叫。②翻：反。③生衣：夏天穿衣服。

赏析

这首小令，通篇用白描手法，围绕主人公所思所感，勾勒出一个清冷静寂的场景。全词以景衬情，结句点明题旨。

浣溪沙（锦样年华水样流）

锦样年华水样流，鲛珠①迸落更难收。病余常是怯梳头。一径绿云②修竹怨，半窗红日落花愁。懵懵③只是下帘钩。

注释

①鲛珠：传说东海鲛人泪落成珠。这里指泪珠。②绿云：指浓绿的枝叶。③悄悄：悄无声息地。

赏析

这是一首闺怨词。起句"锦样年华"颇具冲击力，直言年华如水，想起来就泪水不断。病中连梳头发都心生怯意，因为担心看到掉落的头发。看窗外，绿云红日，修竹落花，更添愁怨。只能放下帘子，把它们都隔绝在外面。全词修辞巧妙，将无形之愁绪刻画得深刻有形，哀怨而深刻。

浣溪沙（肯把离情容易看）

肯把离情容易①看，要从容易见艰难。难抛往事一般般②。　　今夜灯前形共影，枕函虚置翠衾单。更无人与共春寒。

注释

①容易：等闲，心平气和。②一般般：一件件，一桩桩。

赏析

《浣溪沙》原为唐教坊曲，词多以写景开篇，但作者此篇却以议论之语开篇，表达自己对离情的观点，可见其情感的执着与强烈。下片情景交融，词句缠绵动人。全词语言明白如话，没有身世之痛，没有坎坷不平之语，只是单纯的哀思离愁，恰如叶嘉莹所说，"没有大挫折，有清纯的一份纤柔婉转的词心"。

浣溪沙（已惯天涯莫浪愁）

已惯天涯莫浪愁①，寒云衰草渐成秋。漫②因睡起又登楼。　　伴我萧萧惟代马③，笑人寂寂有牵牛④。劳人⑤只合一生休。

① 浪愁：徒然地愁。② 漫：不要。③ 代马：指北方所产之马。代，古时指今雁门关一带。④ 牵牛：牵牛星。⑤ 劳人：多愁善感之人。

赏析

这是一首自嘲词。首句是反语，明说已经习惯天涯奔波，不要总是心怀愁绪，实际恰相反，作者的愁绪正多。时光就在奔波中过去，陪伴他的只有代地的马，连牛郎都嘲笑他。结句"劳人只合一生休"，似乎已经认命，不再妄图挣扎了。

采桑子·居庸关 ①

雟周声里严关峙②，匹马登登。乱踏黄尘，听报邮签③第几程。　　行人莫话前朝事，风雨诸陵。寂寞鱼灯，天寿山④头冷月横。

注释

① 居庸关：长城的重要关口，在北京昌平。② 雟（xī）周声里严关峙：雟周，本为燕的别名，亦用以称子规鸟；严关，即雄关；峙，即雄踞。③ 邮签：即漏筹，驿馆夜间报时之器。④ 天寿山：在北京昌平东北，旧名东山，明建山陵，改名天寿山，为明代皇陵所在地。

赏析

这是一首怀古词。上片主要写景，严关险隘，马蹄声声，将士奔忙。下片抒怀，那些帝王将相，终究也都化作冷山荒冢，一片凄冷苍凉。此词为作者奉命前往梭龙途中所作。可惜后来梭龙部来归附时，纳兰性德已经去世，他无法看到皇帝对他的嘉奖和表彰了。纳兰性德自身遭遇，恰如此词，让人倍感唏嘘。

清平乐·发汉儿村题壁

参横①月落，客绪②从谁托。望里③家山云漠漠，似有红楼一角。　　不如意事年年，消磨绝塞风烟。输与五陵公子④，此时梦绕花前。

注释

①参横：午夜时分参星横斜，参横言夜已深。②客绪：客居外地的烦恼。③望里：即视野中。④五陵公子：即富家子弟。五陵，本指汉唐长安、咸阳一带的帝王陵墓，后代指繁华之地。

赏析

词上片首句实写，月落星斜，天将破晓，作者要从汉儿村出发了，心中泛起思绪。"望里"两句为虚写，是作者想象中的情形。他似乎看见了家乡景象，但最在意的，显然是那"红楼一角"。红楼之中，有他想念的人，那人也在想念着他吧？下片写情，感叹自己身在塞外，不能像那些悠闲的富家子弟一样，常伴佳人左右。全篇情思回环往复，语句含蓄缠绵，显出作者的词句功底。

清平乐（角声哀咽）

角声哀咽，襆被①驮残月。过去华年如电掣，禁得②番番离别。　　一鞭冲破黄埃③，乱山影里徘徊。蓦忆去年今日，十三陵下归来。

注释

①襆（fú）被：用包袱裹束衣被。意为整理行装。语出《晋书·魏舒传》："入为尚书郎。时欲沙汰郎官，非其才者罢之。舒曰：'吾即其人也。'襆被而出。同僚素无清论者咸有愧色，谈者称之。"②禁得：禁不得，受不了。③一鞭冲破黄埃：策马在滚滚黄

尘中行进。

上片先景后情。"角声""襟被"两句，述说旅途艰辛。不过，更让人难过的是逝去的年华、一次次的离别。下片仍是前景后情，前两句白描眼前境况，后两句怀古，发人生之叹。全词跌宕婉曲，尽是伤离、怀人之意。

清平乐（画屏无睡）

画屏无睡，雨点惊风碎。贪话零星兰焰①坠，闲了半床红被。　　生来柳絮飘零，便教咒②也无灵。待问归期还未，已看双睫盈盈③。

赏析

①兰焰：即兰烬，烛之余烬。因状似兰心，故称。②便教咒：就算发誓。咒，同"咒"。③双睫盈盈：即泪眼婆娑。

赏析

这首词是回忆离家前夜，与妻子叙别情形。上片写两心相依，有说不尽的话。下片慨叹身不由己，分别不可避免，赌咒发誓也是没有用的。结句写妻子泪水盈睫、含情脉脉，描写传神，其人仿佛就在眼前。

秋千索（锦帷初卷蝉云绕）

锦帷初卷蝉云①绕，却待要、起来还早。不成薄睡②倚香篝，一缕缕残烟袅。　　绿阴满地红阑悄，更添与、催归啼鸟。可怜春去又经时③，只莫被人知了④。

注释

①蝉云：本指女子的发式。这里指头发。②薄睡：浅睡。③经时：过了好些时候。④只莫被人知了：只是不被人觉察到。

纳兰词中有众多伤春词，主人公通常为闺中少女，此篇也是如此。上片写少女细腻的情愫，被春日景物丝丝牵动，不经意间已是思绪满怀，慵懒难眠。下片写春将逝去，心中又落寞伤感，缠绵不舍。全篇动静结合，形象描绘了主人公在春天里的复杂心绪。

浪淘沙·秋思

霜讯下银塘①，并作新凉。奈他青女②忒轻狂。端正一枝荷叶盖，护了鸳鸯。　　燕子要还乡，惜别雕梁。更无人处倚斜阳。还是薄情还是恨，仔细思量。

注释

①霜讯下银塘：霜讯，即霜信，霜期来临的消息；银塘，清澈的荷塘。②青女：传说中的司霜雪之神。

赏析

这首词题为"秋思"，实写离愁。荷塘结了秋霜，天气转凉。还好有荷叶，可以让鸳鸯躲在下面，挡一挡秋霜。燕子也要南飞了，只有人还在斜阳下站着。面对如此情景，心中是怨还是恨？词中鸳鸯、燕子，都是衬托之笔，突出人的孤独愁绪。

虞美人·秋夕①信步②

愁痕满地无人省，露湿琅玕③影。闲阶小立倍荒凉，还剩旧时月色在潇湘。　　薄情转是多情累，曲曲柔肠碎。红笺向壁字模糊，忆共灯前呵手为伊书。

注释

①秋夕：七月七日晚上。②信步：随便漫步。③琅玕：像珠子一样的美石。这里是形容竹子的青翠。

　　上片借景言情。首句写"愁痕满地"，暗指愁绪满心。"旧时月色"，喻指旧日的记忆。下片直接写情。作者因多情而"柔肠碎"，忍不住回忆起曾经的生活细节。那旧日的温馨更衬托出作者此时的孤单凄凉。学者徐燕婷、朱惠国在《纳兰词评注》中写道："纳兰写愁，更能入人骨髓。"确实如此。

补遗二

渔父（收却纶竿落照红）

收却纶竿①落照红，秋风宁为剪芙蓉②。人淡淡，水濛濛，吹入芦花短笛中。

注释

①收却纶竿：收却，收起、收罢；纶竿，钓竿。②秋风宁为剪芙蓉：宁为，竟为；剪，砍伐，这里指吹。

赏析

这首词表达了纳兰性德对隐居生活的向往之情。近代词学家唐圭璋点评道："风致殊胜。一时胜流，咸谓此词可与张志和《渔歌子》并称不朽。"

菩萨蛮·过张见阳山居赋赠

车尘马迹纷如织①，羡君筑处真幽僻。柿叶一林红，萧萧四面风。　功名应看镜，明月秋河②影。安得此山间，与君高卧闲。

注释

①如织：多得像织布的线一样，密密麻麻。②秋河：银河。这里指水中。

赏析

张见阳山居在何处，不可考证。不过从"柿叶一林红"推测，其山居或在京西西山一带。作为相府公子，作者久居京城繁华所在，看到朋友的山居想必是耳目一新。词上片所写皆是对友人别墅的赞美，向往之情溢于言表。下片借景抒情，表达对功名利禄的淡然，有希冀远离官场之意。

南乡子·秋莫村居

红叶满寒溪，一路空山万木齐①。试上小楼极目望，高低。一片烟笼十里陂②。　　吠犬杂鸣鸡，灯火荧荧③归路迷。乍逐横山时近远，东西。家在寒林独掩扉。

注释

①齐：一致。这里指秋天到了，万木都笼罩在一片肃杀的气氛中。②陂（bēi）：水塘。③荧荧：闪烁不定。

赏析

这首词题"秋莫村居"，"莫"即"暮"。"莫"的古字本义即为昏暮，其字形是太阳落入草中。后因时常借用为"莫须有"的"莫"，于是人们便给其加上日字旁，新造一个"暮"字。作者使用古字，有仿古深意。全词节奏跌宕，活泼有趣。词中描绘的村野风光优美安详，仿佛水墨画。

雨中花（楼上疏烟楼下路）

楼上疏烟楼下路，正招①余、绿杨深处。奈②卷地西风，惊回残梦，几点打窗雨。　　夜深雁掠东檐去，赤憎③是、断魂砧杵。算酌酒忘忧，梦阑酒醒，愁思知何许！

注释

①招：引导，诱导。②奈：无奈。③赤憎：最憎，最让人闹心。

赏析

这是一首秋夜愁思词。开篇两句温馨美好，似乎与愁字无关。后文"惊回残梦"句转折，原来是梦。下片写雨夜雁独飞，令人仿佛身如那雁，顿感凄冷萧索。后文"砧杵"句，更写出刻骨相思。全词以乐衬悲，力透纸背，满是心酸。

满江红（籍甚平阳）

为曹子清题其先人所构楝亭①，亭在金陵署中。

籍甚平阳②，羡奕叶③、流传芳誉。君不见、山龙补衮④，昔时兰署⑤。饮罢石头城下水，移来燕子矶边树。倩一茎黄楝作三槐⑥，趋庭外。　　延夕月，承晨露。看手泽⑦，深余慕。更凤毛⑧才思，登高能赋。入梦凭将图绘写，留题合遣纱笼⑨护。正绿阴青子盼乌衣，来非暮。

注释

①为曹子清题其先人所构楝亭：曹子清，即曹寅，字子清，曹雪芹祖父，编撰有《全唐诗》；楝亭，因亭边植楝木，故名。②平阳：在今山西境内，相传为尧都。③奕叶：累世，代代。④山龙补衮：天子衣服上的山形、龙形的图案。⑤兰署：即兰台。汉代宫中收藏典籍的地方，后亦指御史台。⑥黄楝作三槐：黄楝，落叶乔木，高丈余；三槐，相传周代于宫廷外植有三株槐树，三公朝见天子时须面三槐而立，后世遂以三槐喻三公。⑦手泽：指康熙皇帝为曹家匾额上题的字。⑧凤毛：《世说新语·容止》："王敬伦风姿似父，作侍中，加授桓公公服，从大门入。桓公望之，曰：'大奴固自有凤毛。'"⑨纱笼：即碧纱笼。五代王定保《唐摭言·起自寒苦》："王播少孤贫，尝客扬州惠昭寺木兰院，随僧斋餐。诸僧厌怠，播至，已饭矣。后二纪，播自重位出镇是邦，因访旧游，向之题已皆碧纱幕其上。"

赏析

这是一首应景之作。曹寅与纳兰性德曾同为侍卫，两人有所交往。因为康熙乳母的关系，曹家与皇室关系密切，不是一般的官宦家族。因此，曹寅携带名家绘制的《楝亭图》到北京后，很多名士为之题咏，纳兰性德此词也是其中之一。词上片称颂曹氏祖上，下片描写曹家当前的荣宠，辞藻华美，诸多典故贴切运用，典雅中见真挚，不是空洞的歌功颂德之作。

浣溪沙·郊游联句 ①

出郭寻春春已阑（陈维崧），东风吹面不成寒（秦松龄 ②）。青村几曲到西山（严绳孙）。　　并马未须愁路远（姜宸英），看花且莫放杯闲（朱彝尊 ③）。人生别易会常难（纳兰成德）。

注释

① 郊游联句：这是一首游戏之作，可能是纳兰与几个友人结伴郊游，一人一句，纳兰的是最后一句。② 秦松龄：字汉石，号留仙，晚号苍岘山人，江苏无锡人。顺治十二年（1655年）进士。③ 朱彝尊：清代诗人、词人、学者。字锡鬯，号竹垞，晚号小长芦钓鱼师，又号金风亭长。秀水（今浙江嘉兴市）人。

赏析

这是纳兰性德与朋友的合作词，收录于冯统《天风阁丛书·饮水词》。据记载，康熙十八年（1679年），康熙皇帝举博学鸿词科，陈、秦、严、姜、朱值此机会聚于北京，张见阳曾在其京郊别业宴客，此词或为前往途中所作。此词是纳兰容若与友人之间亲密交往的见证，也可见纳兰容若聚时已忧散的悲观性格。